U0062632

語可書坊

作家文摘　**语之可**　第四辑（10-12）

顾　问（以姓氏笔画为序）

冯骥才　孙　郁　苏叔阳　张抗抗　张　炜

梁　衡　梁晓声　韩少功　熊召政

主　编　张亚丽　　　　**副主编**　唐　兰

编　辑　姬小琴　王素蓉　之　语

设　计　于文妍　之　可

语之可 12

Proper words

流水别意谁短长

作家出版社

目 录

那以后，我们还常在朱光潜先生家举行的"读诗会"上见面。我也跟着大家称她做"小姐"了，但她可不是那种只会抿嘴嫣然一笑的娇小姐，而是位学识渊博、思想敏捷，并且语言锋利的评论家。

史家胡同幽静巷陌的灰色地砖不知被多少镌刻在近代史书上的民国文人大家走过，凌府的大书房业已成为京城里一处文化名家经常聚会的沙龙。有人说：凌家大书房的这个沙龙可称作是凌叔华"小姐家的大书房"，比后来林徽因的"太太的客厅"要早了十年。

在我印象中，冯伯伯是个不善表达感情的人。没想到他在这篇短文中竟如此感伤，通过一幅画写尽人世的沧桑。一个记者前几年采访冯伯伯。据他记载，他最后问道："你能简单地用几句话总结你的一生吗？"冯亦代沉沉地说："用不了几句话，用一个字就够了——难。"末了，老人突然怆然泪下，不停地抽泣。

与毅然前往西伯利亚，在冰天雪地里陪伴丈夫的俄罗斯十二月党人的妻子们一样，梅志陪同丈夫胡风奋斗、漂泊、受难，逆境中表现出惊人的坚毅与沉静——这就是她的生命的美丽。

出版家鲁迅

商金林

　　鲁迅先生为世人所熟知的身份是伟大的文学家、思想家、革命家，但其实，他还是一位功绩卓著的编辑家、出版家。开拓"崭新的文场"、培育中国式的"英俊"，成了鲁迅辉煌业绩中璀璨的一页。

鲁迅先生为世人所熟知的身份是伟大的文学家、思想家、革命家，但其实，他还是一位功绩卓著的编辑家、出版家。他在《论睁了眼看》一文中说过："世界日日改变，我们的作家取下假面，真诚地，深入地，大胆地看取人生并且写出他的血和肉来的时候早到了；早就应该有一片崭新的文场，早就应该有几个凶猛的闯将！"开拓"崭新的文场"、培育中国式的"英俊"，成了鲁迅辉煌业绩中璀璨的一页。

吃自己的饭，办编辑的事务

1909 年 8 月，鲁迅结束了七年的留日生活回国，在杭州两级师范学堂任教，1910 年秋就任绍兴府中学堂教职。1912 年 1 月 3 日，鲁迅在绍兴发起创办的《越铎日报》正式出版，他在《〈越铎〉出世辞》中指明该报的任务是："纾自由之言议，尽个人之天权，促共和之进行，尺政治之得失，发社会之蒙覆，振勇毅之精神。灌输真知，扬表方物，凡有知是，贡其颛愚，力小愿宏，企于改进。"

这之后，鲁迅主编和参与编辑的报刊有：《越社铎日报》《新青年》《民众文艺周刊》《莽原》周刊、《莽原》半月刊、《波艇》月刊、《语丝》周刊、《未名》半月刊、《奔流》月刊、《朝花》周刊、《朝花》旬刊、《萌芽》月刊、《文艺研究》季刊、《巴尔底山》旬刊、《世界文艺》月刊、《前哨》月刊、《十字街头》半月刊、《十字街头》旬刊、《文学》月刊、《译文》月刊、《太白》半月刊、《海燕》月刊等近三十种。

鲁迅主办或参与创办的出版社有：未名社、朝花社、三闲书屋、野草书屋、铁木艺术社、版画丛刊会和诸夏怀霜社。

鲁迅生活的年代是"弄文罹文网，抗世违世情"的年代。他在致曹靖华的信中说："风暴正不知何时过去，现在是有加无已，那目的在封锁一切刊物，给我们没有投稿的地方。"又说:"检查也糟到极顶,我自去年底以来,被删削,被不准登,甚至于被扣住原稿,接连的遇到。……这样下去,著作界是可以被摧残到什么也没有的。"为了打破反动当局的"文化围剿",鲁迅作了种种"委婉曲折"的斗争,他把这种斗争称作"带了镣铐的进军"。至于鲁迅的编辑工作,周作人在《鲁迅的编辑工作》一文中有如下的描述:

> 鲁迅不曾任过某一出版机关的编辑,不曾坐在编辑室里办公,施行编辑的职务。他的编辑之职,乃是自己封的。他经常坐在自己家里,吃自己的饭,在办编辑的事务,著作翻译自然也占一大部分时间。他编辑自己的,更多是别人的稿件。

"鲁迅不曾任过某一出版机关的编辑",可正是这位"无职""无位""无禄"的编辑,在一场又一场的"带了镣铐的进军"中,将一个伟大的文学家对于编辑出版工作的热忱,毫无保留地绽放出来。

开拓"一片崭新的文场"

1918年1月15日，从《新青年》第4卷第1期起，鲁迅担任《新青年》编委。他在《忆刘半农君》中说："《新青年》每出一期，就开一次编辑会，商定下一期的稿件。"是年5月，《狂人日记》在《新青年》第4卷第5号发表，这是中国现代文学史上第一篇白话短篇小说，也是"五四"文学革命的进军宣言。从此，《新青年》大量刊登鲁迅的作品。截至1921年8月1日，鲁迅在《新青年》发表的小说、新诗、杂文、译文等多达54篇。刘半农盛赞鲁迅是"文学革命军里一个冲锋健将"，阿英则称鲁迅为《新青年》干部作家。

1919年4月16日，鲁迅给北京大学新潮社学生领袖傅斯年写信，建议《新潮》杂志应该在讲科学时发表议论，"现在偏要发议论，而且讲科学，讲科学仍发议论，庶几乎他们依然不得安稳，我们也可告无罪于天下了"，又说他"是想闹出几个新的创作家来"，"破破中国的寂寞"。

除了《新潮》，鲁迅还热情关心和支持过许多报刊，如《晨报副刊》《京报副刊》《民国日报·觉悟》等。鲁迅不仅为这些期刊提供重要的稿件，使这些刊物扩大了影响，还希望编辑要把作者的"圈子"和稿源的"圈子"划大；不仅要重视文稿的内容，对于与文稿有关的一切也都要尽量考究，尽善尽美，不留纰漏和缺憾。

1924 年 11 月 17 日，由鲁迅支持的《语丝》周刊创刊。《〈语丝〉发刊词》中说："觉得现在中国的生活太是枯燥，思想界太是沉闷"，为了"冲破一点中国的生活和思想界的昏浊停滞的空气"，我们"创刊这张小报"，"提倡自由思想，独立判断，和美的生活"，反抗"一切专断与卑劣"。鲁迅不仅发表了一大批犀利的战斗杂文，作精神上的导向，还对"《语丝》的形式、内容，以及稿件的处理"提出要求，如"凡外来稿须署真实姓名的稿例"就是鲁迅主张的（川岛语）。1927 年 10 月 24 日，《语丝》在北京被张作霖政府封禁。1927 年 12 月 17 日，鲁迅开始接编迁至上海的《语丝》，从第 4 卷第 1 期开始，任该刊编辑一年左右。1928 年 12 月，鲁迅推荐柔石接替他负责编辑。《语丝》于 1930 年出了第 5 卷第 52 期以后停刊。鲁迅在《语丝》发表了 100 多篇文章，他在《我和〈语丝〉的始终》中说，"任意而谈，无所顾忌，要催促新的产生，对于有害于新的旧物，则竭力加以排击"。"任意而谈，无所顾忌"形成了特有的"语丝的文体"，即"语丝派"，不仅推动了中国散文的发展，也实现了鲁迅"要找寻生力军，加多破坏论者"的"弘愿"。

莽原社的《莽原》，创办于1925年4月24日，由鲁迅编辑。初为周刊，附在《京报》发行，刊名寓有"旷野"之意。同年11月27日出至第32期休刊。1926年1月10日复刊，改为半月刊，独立发行。1926年8月，鲁迅离京后，《莽原》由韦素园（即韦漱园）接编。鲁迅在《〈莽原〉出版预告》中说，"总期率性而言，凭心立论，忠于现实，望彼将来"。在《华盖集·题记》中又说，"我早就很希望中国的青年站出来，对于中国的社会，文明，都毫无忌惮地加以批评，因此曾编印《莽原周刊》"。鲁迅在该刊发表了50多篇作品，杂文有《春末闲笔》《灯下漫笔》《论"费厄泼赖"应该缓行》，历史小说有《奔月》《铸剑》，散文有《从百草园到三味书屋》《藤野先生》等。鲁迅在谈到编《莽原》时说："在北京时，拼命地做，忘记吃饭，减少睡眠，吃了药来编辑，校对，作文。"他当编辑，是拼了命的。

1926年9月，鲁迅应邀到厦门大学执教。到厦大后，他热情支持并指导青年文艺团体"泱泱社"，《厦门通信》就登在"泱泱社"社刊《波艇》创刊号上。鲁迅在给许广平的信中说："我先前在北京为文学青年打杂，耗去生命不少"，"这里，又有几个学生办了一种月刊，叫作《波艇》，我却仍然去打杂。"

1927年10月，鲁迅来到上海，开始了他生命中最辉煌的最后十年。1928年6月20日，鲁迅和郁达夫编辑的《奔流》月刊出版，由北新书局印行。鲁迅主持《奔流》的编辑工作，亲自设计封面并书写刊名。该刊以介绍欧美及日本等国具有进步倾向的作家作品为主。鲁迅在第1卷第1~5期上连续刊载了他自己翻译的《苏俄的文艺政策》，受到文坛的普遍重视。《奔流》共出15期，于1929年12月20日停刊。鲁迅说他："白天汗流，夜间蚊咬，较可忍耐的时间，都用到《奔流》上去了"，其目的"无非是为了把新鲜的血液灌输到旧中国去，希望从翻译里补充点新鲜力量"。

1928 年 12 月 6 日，鲁迅与柔石在上海创办《朝花》周刊，1929 年 5 月 16 日终刊，共出 20 期。1929 年 6 月 1 日，鲁迅与柔石又创办了《朝花》旬刊，1929 年 9 月 21 日停刊，共出 12 期。

1930 年 1 月 1 日，鲁迅主编的《萌芽》月刊创刊，主要登载"翻译和绍介，创作，评论"。封面由鲁迅亲自绘制，"萌芽"两个美术字，写得颇有芽状感。自第 1 卷第 3 期起，成为左联机关刊物。1 卷第 3 期为"三月纪念号"，纪念马克思、恩格斯和巴黎公社；1 卷第 5 期为"五月各节纪念号"，纪念"五一"和"五卅"。1 卷第 5 期出版后即被国民党政府当局查禁。1 卷第 6 期改名《新地月刊》，只出一期又被查禁。

1930 年 4 月 11 日，《巴尔底山》出版，为左联机关刊物之一，鲁迅列名"基本的队员"名单，帮着选定刊名、题写刊头，又捐出一百元做印刷费。"巴尔底山"是英语"游击队"的音译。该刊"以短文、锋利之文，对帝国主义、买办资产阶级和国民党反动派进行狙击"。1930 年 5 月 20 日，出至第 1 卷第 5 期被禁停刊。

1930 年 9 月 10 日，《世界文化》创刊，为左联机关刊物之一。鲁迅参与筹办和编辑。该刊宣传马克思主义文艺理论，报道国内外革命文化动态。仅出一期就被国民党以"宣传阶级斗争"的罪名查禁。

1931年2月7日，柔石、殷夫、胡也频、冯铿、李伟森等左联五位作家被反动派杀害，鲁迅强忍着悲痛的煎熬，于4月25日出版了纪念烈士的专刊《前哨·纪念战死者专号》，纪念左联五烈士和1930年秋天在南京被害的左翼剧联成员宗晖（谢伟榮）。《前哨》是左联机关刊物之一，编委会由鲁迅、茅盾、冯雪峰等组成。刊名苍劲峻拔的"前哨"二字由鲁迅亲笔题写，刻成木版后用手工敲印在白色的封面上，绛红的颜色透过纸背，显得格外悲壮和炽烈。同期刊有L.S.（鲁迅）的《中国无产阶级革命文学和前驱的血》，以及烈士的传略和遗著等。出版后即被国民党当局以"反动文艺期刊"的罪名而禁止发行。鲁迅心有不甘。同年9月，丁玲主编的左联机关刊物《北斗》创刊前夕，鲁迅特地选了德国著名木刻家珂勒惠支一幅题为《牺牲》的木刻，作为《北斗》创刊号的插图，画面表现的"是一个母亲，悲哀的闭了眼睛，交出她的孩子"（鲁迅《写于深夜里》），以此来再次纪念柔石等被害的青年作家。

1931年12月11日，《十字街头》半月刊创刊，为左联机关刊物之一。鲁迅在指导编辑工作的同时，发表了《知难行难》《"友邦惊诧"论》等文章，抨击了帝国主义的侵略阴谋和蒋介石的倒行逆施，强调作家的阶级立场和世界观对创作的决定作用，出版后即遭国民党当局查禁。

1933年7月1日，鲁迅与茅盾、郑振铎、叶圣陶、郁达夫等一起创办的《文学》月刊创刊。

1934年9月16日，鲁迅主编的《译文》杂志创刊。同年9月20日，陈望道主编的《太白》杂志创刊，鲁迅担任编委。1936年1月19日，鲁迅与周文、聂绀弩等编辑的《海燕》月刊创刊，仅出两期就以"'共'字罪被禁"，这是鲁迅主编的最后一份杂志。

鲁迅通过创办报刊来拓展文艺园地，夯实战斗阵地，召唤青年参与进来，经风雨，见世面。就像一个老战士带领一批新战士那样，鲁迅自己走在最前面，冲锋陷阵，所向披靡；同时又非常亲切、具体和周到地照顾和教育着新战士，激励他们"将自己的真心的话发表出来"，"将中国变成一个有声的中国"。

"将血一滴一滴地滴过去"

1926 年，鲁迅在谈及他的人生时说："我先前何尝不出于自愿，在生活的路上，将血一滴一滴地滴过去，以饲别人，虽自觉渐渐瘦弱，也以为快活。"1932 年，鲁迅在谈到编书办刊时说："我在过去的近十年中，费去的力气实在也并不少，即使校对别人的译著，也真是一个字一个字地看下去，决不肯随便放过，敷衍作者和读者的，并且毫不怀着有所利用的意思"，每天八小时工作以外的时间，都用在"译作和校对上的"，"常常整天没有休息"，就"好像一头牛，吃的是草，挤出来的是奶、血"。

鲁迅著书译书、编辑报刊，与许多书店打过交道，鉴于有的书店"话不算数，寄信不回答，愈来愈甚"，鲁迅就自费出版书籍。他自费出版书籍，或图或文，无不精美绝伦，在为《毁灭》（A.法捷耶夫作）、《铁流》（A.绥拉菲摩维支作）、《士敏土之图》（革拉特珂夫作）

写的《三闲书屋印行文艺书籍》中说:

> 敝书屋因为对于现在出版界的堕落和滑
> 头,有些不满足,所以仗了三个有闲,一千资
> 本,来认真绍介诚实的译作,有益的画本,货
> 真价实,童叟无欺。宁可折本关门,决不偷工
> 减料。买主拿出钱来,拿了书去,没有意外的
> 奖品,没有特别的花头,然而也不至于归根结
> 蒂的上当。编辑并无名人挂名,校印却请老手
> 动手。因为敝书屋是讲实在,不讲耍玩意儿的。

"三个有闲",原是创造社个别作家给鲁迅罗织的
"罪名",说他"有闲,有闲,有闲"。鲁迅一笑了之。
"宁可折本关门,决不偷工减料",这就是鲁迅对出书作
出的最庄严的承诺!

1935 年 6 月 18 日,瞿秋白在福建长汀英勇就义。
鲁迅闻讯后心情异常愤激也异常冷静,为了纪念这位异
乎寻常的"知己",对"罪大恶极"的"杀人者"予以
"示威"和"抗议",鲁迅与茅盾、郑振铎等相商,决定

先编印瞿秋白的译文集。书名《海上述林》，是鲁迅拟定的，取述而不作之意，显得很"雅"。《海上述林》编定后，鲁迅亲自去开明书店的美成印刷厂发稿付排，洽商校对办法，像怀中揣着一团火似的，到处奔波，扶病为烈士收集整理文稿，募集出版经费，仅向现代书店赎回瞿秋白遗稿便付出了二百元。《海上述林》从编辑、校对、设计封面、装帧、题签、拟定广告及购买纸张、印刷、装订等项工作，鲁迅无不精心谋划经办，务必使书更臻于完美。开明书店的美成印刷厂备好《海上述林》纸型后，鲁迅亲自将纸型送到内山书店，托内山完造寄往东京印刷。1936 年 8 月，《海上述林》（上卷）样本印成。鲁迅看后在致茅盾的信中很满意地说："那第一本的装订样子已送来，重磅纸；皮脊太'古典的'一点，平装是天鹅绒面，殊漂亮也。""倘其生存，见之当亦高兴，而今竟已归土，哀哉。"10 月 2 日，在日本印刷的《海上述林》（上卷）寄到上海，鲁迅即分送诸友好及相关者，并托冯雪峰转送毛泽东、周恩来各一本。

《海上述林》印装非常考究，分平装和精装两个版本，全部用重磅道林纸精印，并配有插图。精装本书脊，用麻布做封面，字是金色，形式典雅；平装本用天鹅绒做封面，同样用金字。由于受国民党白色恐怖影响，这本书没有署译者姓名，只有书脊和封面上印了鲁迅亲笔写的"STR"（即史铁儿，瞿秋白的笔名）三个金字，书名亦由鲁迅亲笔题签。出版社署"诸夏怀霜社"，这也是鲁迅拟定的。"诸夏"即中国，"霜"为秋白的原名，"诸夏怀霜"意为中国人民永远怀念瞿秋白。为了扩大《海上述林》的影响，鲁迅于1936年10月9日亲拟广告一则，题为《绍介〈海上述林〉上卷》，全文如下：

　　本卷所收，都是文艺论文，作者既系大家，译者又是名手，信而且达，并世无两。其中《写实主义文学论》与《高尔基论文选集》两种，尤为煌煌巨制。此外论说，亦无一不佳，足以益人，足以传世。……。好书易尽，欲购从速……

仅仅过了十天，1936年10月19日清晨，鲁迅就与世长辞了。为选编和印制《海上述林》，鲁迅耗尽了生命中的最后一滴血。

俞平伯：一辈子天真

叶兆言

俞先生的看家本事，还是旧学根底。他的文言文炉火纯青，对唐诗宋词有独到的领悟能力。他的字和旧诗都是一流的……俞先生生于上上世纪的千禧之年，在他所处的时代，旧学问以惊人的速度退化，结果他一身好本事，并没有得到真正的展开。不管怎么说，还是属于幸运，针对二十世纪的动乱，好歹也是善始善终，虽然不得志，却还算不上太"郁郁"，因为他一直活得比较天真。

印象中的俞平伯先生是个老小孩。七十年代初期，有一次我姑姑请吃烤鸭，地点在西单附近，是一家有名的老字号，正吃着，姑姑低头说，隔壁桌上的老先生，好像是俞先生。我大伯母也在，看了一眼，点点头说当然是他。那时候还是"文革"中，轰轰烈烈的暴风骤雨已过去，正处于相对平静。大家偷偷上馆子，朵颐大快，熟悉的人见面都不打招呼，因为吃喝毕竟有资产阶级的嫌疑。我当时半大不小，只知道这老头是毛主席亲自点过名的。或许面对面的缘故，印象最深的是圆圆的大脑袋，穿着旧衣服，看上去像个淘气的老和尚，胃口极好，不停地吃，津津有味。

后来看杨绛先生的《干校六记》，提到当时的下放：

两连动身的日子，学部敲锣打鼓，我们

都放了学去欢送。下放人员整队而出；红旗开处，俞平老和俞师母领队当先。年逾七旬的老人了，还像学龄儿童那样排着队伍，远赴干校上学，我看着不忍，抽身先退……

读了这段文字，心头也不由得"不忍"起来。想当年的高干子弟，当了知青回京探亲，去莫斯科餐厅或者新侨饭店吃西餐，因为肚子里缺少油水，食量之惊人让服务员目瞪口呆。饱汉不知饿汉饥，算算日子，那次遇到俞先生猛吃烤鸭，大概是刚从干校遣归回京。老夫聊发少年狂，能有如此好胃口，显然遭遇了一番磨难。他在干校待了一年多时间，搓搓麻绳，看看厕所，干的是轻活，毕竟年岁不肯饶人。当时生活条件的艰苦，已有不少文字报道，他老人家自己也赋诗记录：

炉灰飘坠又飘扬，清早黄昏要扫床。
猪矢气熏柴火味，者般陋室叫"延芳"。

螺蛳壳里且盘桓，墙罅西风透骨寒。

出水双鱼相照活，者般陋室叫"犹欢"。

"文革"中最流行的一句话，是改造思想。江山易改，本性难移，人的世界观一旦形成，想再硬改造过来，可能性微乎其微。好在俞先生永远有一份童心，即使"文革"那种不堪的日子，也能平静对待，无怨无悔。祖父老笑他一手好字，可是写完一封很漂亮的信，却怎么也叠不整齐，马马虎虎往信封里一塞完事。祖父非常喜欢俞先生的字，来信总是读了又读，有时候还给小辈讲解他的书法好在什么地方。俞先生与祖父有着七十年的交情，最近出版的《暮年上娱》，收录两人晚年的通信，厚厚一大本，竟然有四十五万字之多。老派人很讲究细节，偏偏俞不拘小节，俞家是江南名门，数世单传养尊处优，一向由用人伺候，像叠信纸这种书童干的活从不往心上去。

俞先生早年曾与傅斯年先生一同出国留学，可是出去没几天，就仓皇地跑了回来。学费当然是个问题，没人照料也是主要原因。说他五谷不分四肢不勤，大约算不上冤枉。俞先生是我所见到的老人中，最有少爷脾气的一位。说到他，大家就觉得好笑，因为少爷脾气说白了还是孩子气。一个人终生都能保持住孩子气，是一件非常可喜可贺的事情。譬如遇到喜欢吃的菜，他似乎不太想到别人，一盘虾仁端上来，尝了一筷，觉得味道好，立刻端自己面前尽情享用。又譬如抽烟，烟灰与烟缸无关，懒得去掸一下，烟灰不断地落在胸前衣服上。记得"文革"后期，有一次请他吃饭，来了几位老先生，都是会吟诗的，吃着喝着便诗兴大发，抑扬顿挫朗诵起来。做小辈的轮不到上正桌，俞先生吃着吃着，突然童心大发，离桌来到我们这帮孙子辈面前，红光满面吟了一首古诗。我只记得怪腔怪调，一句也没懂。

俞先生是个典型的才子。记得大学读书时，老师讲大学问家，不外乎几种途径，一是出自名门，一是源于名师。俞先生两条都沾，曾祖父俞樾是曾国藩弟子，又是国学大师章太炎的师傅。父亲俞陛云考场得意，是名列第三的探花。他自己出身北京大学，是旧派人物黄侃的高足，是新派领袖胡适和周作人的学生。文学史上谈到白话散文，常把他尊为一家。平心而论，他的散文并不算太好，文白交织有点拗口，还有点洋腔洋调。说好，是因为有才，说不好，是因为略有些卖弄才。

当然，卖弄才也是孩子气的另一种表现。俞先生的看家本事，还是旧学根底。他的文言文炉火纯青，对唐诗宋词有独到的领悟能力。他的字和旧诗都是一流的，同龄人中间，达到同等高度的人并不多。俞先生生于上上世纪的千禧之年，在他所处的时代，旧学问以惊人的速度退化，结果他一身好本事，并没有得到真正的展开。不管怎么说，还是属于幸运，针对二十世纪的动乱，好歹也是善始善终，虽然不得志，却还算不上太"郁郁"，因为他一直活得比较天真。

看朱自清先生日记，常可以看到俞先生闹加薪。他们是好朋友，朱自清当了系主任，俞先生要闹，当然是纠缠他。朱颇有帮不上忙的苦恼，在清华，没有洋文凭，照例要吃些亏。少爷脾气的人通常不太会过日子，公子哥儿都是花钱的主，用钱胜于挣钱。二十世纪的前五十年，中国的高级知识分子都阔绰过，差不多也都穷困过。这是为什么共产党得天下以后，大多数知识分子持赞成态度的重要原因。历史地看，虽然有 1957 年的反右派，虽然有"文革"，中国知识阶级的生活水准，大大高于人民群众，是一个不争的事实。俞先生不止一次受到批判，最著名的《红楼梦研究》批判，还有"文革"中下放干校，说到底还是公子落难的小插曲。他的生活待遇大多数情况下是好的，是一级研究员，是全国人大代表。

如果没有《红楼梦研究》批判，如果不是毛主席在运动中点他的名，俞先生绝不会有那么大的世俗影响。败是这本书的批判，成也是这本书的批判。今天大家都知道，他成为活靶子挨批，是因为更应该挨批判的胡适远在国外。他不过成了出气筒，本来很简单的学术之争，竟然上升为一场阶级斗争，而《红楼梦》也逐渐成为"显学"，谁都来插一杠子，都想成红学家。

粉碎"四人帮"以后，红学热闹非凡，动辄又把俞先生当名角搬出来，真让人哭笑不得。他活到了九十岁，死前得到了很多荣誉。其实《红楼梦研究》在一开始就是戏，因为手稿刚完成，便稀里糊涂地弄丢了。如果真遗失，后来可能是另外结局，偏偏朱自清逛旧书摊，无意中又发现了这部手稿，捡到的人竟然当废纸卖了。于是书得以《红楼梦辨》的书名正式出版，印了几百本。这是二三十年代的旧事，到五十年代初期，俞先生因为父亲过世，跟书店借钱安葬，还不出账，只好以抵债的形式，将旧稿加上两篇小文章，换个书名出版。这一出版，很快遭遇了大批判，年轻的李希凡与蓝翎脱颖而出，迅速成名，俞先生也因此成为资产阶级反动学术权威。

无法想象俞先生这样的书呆子还能做什么反抗，他立刻高举双手投降，心悦诚服地成为大批判对象，又受之无愧地成为团结和保护的样板。这是不堪回首的往事，《红楼梦研究》批判拉开了文化人大劫难的序幕，紧挨在一起的是反胡风，然后"反右"，然后反右倾，一道道的菜连着上，最后是"文化大革命"。水到渠成，火到猪头烂，文化人一开始都是看客，看着俞先生出洋相，跟着起哄，渐渐看客也开始接二连三地下海，大家都到地狱里去走了一遭。

我与"小姐"林徽因

萧 乾

　　那以后，我们还常在朱光潜先生家举行的"读诗会"上见面。我也跟着大家称她做"小姐"了，但她可不是那种只会抿嘴嫣然一笑的娇小姐，而是位学识渊博、思想敏捷，并且语言锋利的评论家。

我与"小姐"林徽因

一九三三年深秋的一个下午，我照例到文科楼外的阅报栏去看报。那时，我住在临湖的六楼，是个刚从辅仁英文系转到燕京新闻系的三年级生。报栏设在楼前，有两架：一边张贴着北平的《华北日报》和《晨报》，另一边是天津的《大公报》和《益世报》。忽然，在《大公报·文艺副刊》版尽底下一栏，看到《蚕》和我的名字。那是前不久我寄给沈从文先生请他指教的，当时是准备经他指点以后再说的——倘若可以刊用，也得重抄一遍。如今，就这么登了出来，我自是喜出望外。尽管那是把五千字的东西硬塞进三四千字的空间里——也就是说，排字工人把铅条全抽掉，因而行挨行，字挨字，挤成黑压压一片。其实，两年前当熊佛西编《晨报》副刊时，他也登过我的一些短文，记得有一篇是谈爱尔兰小剧院运动的。然而这毕竟是自己的创作第一次变成了铅字，心里的滋味和感觉仿佛都很异样。

然而还有更令我兴奋的事等在后面呢！

几天后，接到沈先生的信（这信连同所有我心爱的一切，一直保存到一九六六年八月），大意是说：一位绝顶聪明的小姐看上了你那篇《蚕》，要请你去她家吃茶。星期六下午你可来我这里，咱们一道去。

那几天我喜得真是有些坐立不安，老早就把我那件蓝布大褂洗得干干净净，把一双旧皮鞋擦了又擦。星期六吃过午饭我蹬上脚踏车，斜穿过大钟寺进城了。两小时后，我就羞怯怯地随着沈先生从达子营跨进了总布胡同那间有名的"太太的客厅"。那是我第一次见到林徽因。如今回忆起自己那份窘促而又激动的心境和拘谨的神态，仍觉得十分可笑。然而那次茶会就像在刚起步的马驹子后腿上，亲切地抽了那么一鞭。

在去之前，原听说这位小姐的肺病已经相当重了，而那时的肺病就像今天的癌症那么可怕。我以为她一定是穿了睡衣，半躺在床上接见我们呢！可那天她穿的却是一套骑马装，话讲得又多又快又兴奋。不但沈先生和我不大插嘴，就连在座的梁思成和金岳霖两位也只是坐在沙发上边吧嗒着烟斗，边点头赞赏。给我留下印象的是，她完全没提到一个"病"字。她比一个健康人精力还旺盛，还健谈。

那以后，我们还常在朱光潜先生家举行的"读诗会"上见面。我也跟着大家称她做"小姐"了，但她可不是那种只会抿嘴嫣然一笑的娇小姐，而是位学识渊博、思想敏捷，并且语言锋利的评论家。她十分关心创作。当时南北方也颇有些文艺刊物，她看得很多，而又仔细，并且对文章常有犀利和独到的见解。对于好恶，她从不模棱两可。同时，在批了什么一顿之后，往往又会指出某一点可取之处。一次我记得她当面对梁宗岱的一首诗数落了一通，梁诗人并不是那么容易服气的。于是，在"读诗会"的一角，他们抬起杠来。

一九三五年七月，我去天津《大公报》编刊物了。每个月我都到北平来，在来今雨轩举行个二三十人的茶会，一半为了组稿，一半也为了听取《文艺副刊》支持者们的意见。小姐几乎每次必到，而且席间必有一番宏论。

三六年我调到上海，同时编沪津两地的《文艺副刊》。那是我一生从事文艺编辑工作最紧张、最兴奋，也是最热闹的一年。那时，我三天两头地利用《答辞》栏同副刊的作者和读者交谈。为了使版面活跃，还不断开辟各种"专栏"。我干得尤其起劲的，是从理论到实践去推广书评。什么好作品一问世，无论是《日出》还是《宝马》，我都先在刊物上组织笔谈，然后再请作者写创作那部作品的经验——通常一登就是整版。我搞的那些尝试，徽因都热烈支持，并且积极参加。

那一年，我借《大公报》创刊十周年纪念的机会，除了举办文艺奖金，还想从《文艺副刊》已刊的作品中，编一本《大公报小说选》。谁来编？只有徽因最适当，因为从副刊创办那天起，她就每一期都逐篇看，看得认真仔细。我写信去邀请，她马上慨然答应了，并且很快就把选目寄到上海。她一共选了三十篇小说，有的当时已是全国闻名的作家了，如蹇先艾、沙汀、老舍、李健吾、张天翼、凌叔华，有的如宋翰迟、杨宝琴、程万孚、隽闻、威深等，当时并不大为人所知。

她还为这本选集写了一篇"题记"，其中她指责有些作家"撇开自己熟识的生活不写……因而显露出创造力的缺乏，或艺术性的不真纯"。她号召作家们应"更有个性，更真诚地来刻画这多方面的错综复杂的人生，不拘泥于任何一个角度"。她还强调作品最主要的是诚实，她认为诚实比题材新鲜、结构完整和文字的流丽更为重要。

记得一九三六年她向良友公司出版的《短篇佳作集》推荐我的《矮檐》时，曾给我写过一封长信，谈这个"诚实"问题。可惜所有她的信都于一九六六年八月化为灰烬了。这里我只好借用她在一九三六年五月七日从北平写给她的美国好友费正清夫人（费慰梅）的一封信：

对，我了解你对工作的态度，我也正是那样工作，虽然有时和你不尽相同。每当一个作品纯粹是我对生活的热爱的产物时，我就会写得最好。它必须是从我的心坎里爆发出来的，不论是喜还是悲。必得是由于我迫切需要表现它才写的，是我所发觉或熟知的，要么是我经过思考才了解到的，而我又十分认真、诚恳地想把它传达给旁人的。对我来说，"读者"并不是"公众"，而是比戚友更能了解我，和我更具有同感的；他们很渴望听我的诉说，并且在听了之后，会喜，会悲。

从八十年代张辛欣的小说看，家务同妇女的事业心之间的矛盾，似乎是永恒的。在同一封信里，三十年代的女作家林徽因也正因此而苦恼着：

　　每当我做些家务活儿时，我总觉得太可惜了，觉得我是在冷落了一些素昧平生但更有意思、更为重要的人们。于是，我赶快干完手边的活儿，以便去同他们"谈心"。倘若家务活儿老干不完，并且一桩桩地不断添新的，我就会烦躁起来。所以我一向搞不好家务，因为我的心总一半在旁处，并且一路上在咒诅我干着的活儿——然而我又很喜欢干这种家务，有时还干得格外出色。反之，每当我在认真写着点什么或从事这一类工作，同时意识到我在怠慢了家务，我就一点也不感到不安。老实说，我倒挺快活，觉得我很明智，觉得我是在做着一件更有意义的事。只有当孩子们生了病或减轻了体重时，我才难过起来。有时午夜扪心自问，又觉得对他们不公道。

七七事变那天，当日本军人在卢沟桥全面发动侵略战争时，这对夫妇正在山西五台山一座古庙里工作着哪。徽因谈起来非常得意，因为那天是她从一座古寺的罩满灰尘和蜘网的梁上，发现了迄今保存得最完整的古老木结构的建造年月。

亲爱的北平践踏在侵略者的铁蹄之下了。思成和徽因当然决不肯留在沦陷区。像当时北平的许许多多教授学者一样，他们也逃出敌占区。

一九三七年深秋，我们见过一面，在武汉还是长沙，现在记不清了。当时我正在失业，准备随杨振声师和沈先生去大西南后方。那时同住在一起的，记得还有丁西林、朱自清和赵太侔三位先辈。后来买到了汽车票，我们就经益阳去了沅陵。

我们去湘西后不久，长沙就开始被炸。那时，徽因同思成正好在那里。一九三七年十一月她在致费正清夫妇的信中写道：

> 昨天是长沙第一次遭到空袭，我们住的房子被日本飞机炸了。炸弹就落在离我们住所的大门约十五码的地方。我们临时租了三间房。轰炸时，我妈妈、两个孩子、思成和我都在家，两个孩子还在床上生着病。我们对于会被炸，毫无准备，事先也完全没发任何警报。
>
> 谁也不知道我们怎么没被炸个血肉横飞的。当我们听到落在左近的两颗炸弹的巨响时，我同思成就本能地各抱起一个孩子，赶紧奔向楼梯。随后，我们住的那幢房子就被炸得粉碎。还没走到底层，我就随着弹声摔下楼梯，怀里还抱着小弟。居然没受伤！这时，房子开始坍塌，长沙的大门、板壁，甚至天花板上都嵌有玻璃，碎片向我们身上坠落。我们赶紧冲出旁门——幸而院墙没倒塌。我们逃到街

上。这时四处黑烟弥漫。

当我们正扑向清华、北大、南开三家大学合挖的临时防空壕时，空中又投下一颗炸弹。我们停下了脚步，心想，这回准跑不掉了。我们宁愿一家人在一起经历这场悲剧，也不能走单了。这颗炸弹落在我们正跑着的巷子尽头，但并没爆炸。我们就从碎玻璃碴里把所有的衣物（如今已剩不下几件了）刨了出来，目前正东一处西一处地在朋友们家里借住。

抗战期间，有个短时期我们曾同住在大后方的昆明。当时，我同杨振声师、沈从文先生住在北门街，徽因、思成和张奚若等则住在翠湖边上。她有个弟弟在空军里。那时，她家里的常客多是些年轻的飞行员。徽因就像往时谈论文学作品时那样，充满激情地谈论着空军英雄们的事迹。我也正是在她的鼓励下，写了《刘粹刚之死》。

三八年夏天我去香港继续编《文艺副刊》，她仍然遥遥地给我指点和支持。三九年，我去英国了，这一别就是七年。

一九四七年我从上海飞到北平。事先她写信来说，一定得留一个整天给她。于是，我去清华园探望她了。

当年清华管总务的可真细心，真爱护读书人。老远就看到梁思成住宅前竖了块一人高的木牌，上面大致写的是：这里住着一位病人，遵医嘱她需要静养，过往行人，请勿喧哗。然而这位"病人"却经常在家里接待宾客，一开讲就滔滔不绝。

徽因早年在英国读过书，对那里的一切她都熟稔，关切。我们真的足足聊了一个整天。

徽因是极重友情的。关于我在东方学院教的什么，在剑桥学的什么，在西欧战场上的经历，她都一一问到了，而她也把别后八年她们一家人的经历，不厌其详地讲给我听。

最令她伤心的一件事是：一九三七年她们全家南下逃难时，把多年来辛辛苦苦踏访各地拍下的古建筑底片，全部存在天津一家银行里。那是思成和她用汗水换来的珍贵无比的学术成果。她告诉我，再也没有想到，天津发大水时，它们统统被泡坏了。

关于友情，这里我想再引徽因在胜利后返北平之前，一九四六年二月二十八日从昆明写给费慰梅的信：

我终于又来到了昆明！我来这里是为了三件事，至少有一桩总算彻底实现了。你知道，我是为了把病治好而来的，其次，是来看看这个天朗气清、熏风和畅、遍地鲜花、五光十色的城市。最后但并非最不关紧要的，是同我的老友们相聚，好好聊聊。前两个目的还未实现，因为我的病情并未好转，甚至比在重庆时更厉害了——一到昆明我就卧床不起。但最后一桩我享受到的远远超过我的预想。几天来我所过的是真正舒畅而愉快的日子，是我独自住在李庄时所不敢奢望的。

我花了十一天的工夫才充分了解到处于特殊境遇的朋友们在昆明是怎样生活的，……加深了我们久别后相互之间的了解。没用多少时间，彼此之间的感情就重建起来并加深了。我们用两天时间交谈了各人的生活状况、情操和思想。也畅叙了各自对国家大事的看法，还谈了个人家庭经济以及前后方个人和社会的状况。尽管谈得漫无边际，我们几个人（张奚若、钱端升、老金和我）之间也总有着一股相互信任和关切的暖流。更不用说，忽然能重聚的难忘时刻所给予我们每个人的喜悦和激奋。

对于胜利后国民党发动内战，徽因是深恶痛绝的。写这封信之前不久，她在一九四六年一月从重庆写给费正清的一封信里，谈到自己当时的悲愤之情。

> 正因为中国是我的祖国，长期以来我看到它遭受这样那样的雁难，心如刀割。我也在同它一道受难。这些年来，我忍受了深重的苦难。一个人毕生经历了一场接一场的革命，一点也不轻松。正因为如此，每当我察觉有人把涉及千百万人生死存亡的事等闲视之时，就无论如何也不能饶恕他……我作为一个"战争中受伤的人"，行动不能自如，心情有时很躁。我

卧床等了四年，一心盼着这个"胜利日"。接下去是什么样，我可没去想。我不敢多想。如今，胜利果然到来了，却又要打内战，一场旷日持久的消耗战。我很可能活不到和平的那一天了（也可以说，我依稀间一直在盼望着它的到来）。我在疾病的折磨中就这么焦躁烦躁地死去，真是太惨了。

从这段话不难推想出，一九四九年徽因看到了民族的翻身，人民的解放，是怎样地喜出望外。

开国前夕，我从香港赶到北平。当时思成和徽因正在投入国徽的设计。他们住在清华园，每天都得进城来开会。幸而思成当时有辆小型轿车。他的残疾就是在去美国留学前遇上车祸造成的，但他并没有因而害怕开车。两个人就这样满怀激情，在为着革命大业而发挥着他们的才智。

我同徽因最后一次见面，是在二次文代会上。有一天在会场上，她老远向我招手。我坐到她身边，握握她的手，叫了她一声："小姐。"她不胜感慨地说："哎呀，还小姐哪，都老成什么样子啦。"语调怪伤感的。我安慰她说："精神不老，就永远也不会老。"

但仅仅过了一年，噩耗就传来了。

这位出身书香门第，天资禀赋非凡，又受到高深教育的一代才女，生在多灾多难的岁月里，一辈子病魔缠身，战争期间颠沛流离，全国解放后只过了短短六年就溘然离去人间，怎能不令人心酸！我立即给思成去了一封吊唁信。思成的回信我原以为早已烧毁于一九六六年八月那场火灾，但据文洁若说，十一年前它曾奇迹般地重新出现过一次。

一九七三年，文物局发还了一些十年动乱期间查抄的书物。当时我们全家人挤在东直门内一条小巷的一间八米斗室里，文洁若只得"以社为家"，住在办公室，还把家中堆不下的书也放在一只破柜子里。一天，她偶然发现一本书中夹着这封信，她还重读了一遍。信一共有两页，是用蝇头小楷直书的，字迹非常工整。思成首先感谢我对他的慰问，并说他一直在害病，所以拖了这么久才写回信。徽因与世长辞时，他自己也正住在同仁医院，躺在她隔壁的病房里。信中以无限哀思回忆了他们共同生活和工作过来的几十年，是一位丈夫对亡妻真诚而感人的赞颂。可惜这次动手写此文时，怎么也没找到这封珍贵的信。

八三年我第三次访美之际，除了在圣迭戈承卓以玉送来徽因年轻时的照片两帧，又蒙费正清赠我一本他的自传《五十年回忆录》，其中有一段描绘抗战期间他去李庄访问思成和徽因的情景。

徽因瘦极了，但依旧那么充满活力，并且在操持着家务，因为什么事她都比旁人先想到。饭菜一样样端上。然后，我们就聊起来。主要是听徽因一个人谈。傍晚五点半，就得靠一支蜡烛或者一盏油灯来生活了。八点半就只好上床去睡觉。没有电话，只有一架留声机和几张贝多芬、莫扎特的唱片。有热水瓶，可没有咖啡。毛衣也不少，就是没有一件合身的。有被单，但缺少洗涤的肥皂。有笔，可没有纸。有报纸，可都是几天以前的。

最后，费正清慨叹道：

住了一个星期，大部分时间我都在患重

感冒，只好躺在床上。我深深被我这两位朋友的坚毅精神所感动。在那样艰苦的条件下，他们仍继续做学问。倘若是美国人，我相信他们早已丢开书本，把精力放在改善生活境遇上去了。然而这些受过高等教育的中国人却能完全安于过这种农民的原始生活，坚持从事他们的工作。

这个集子里所收的作品，从数量上来说，同徽因从事文艺写作的漫长岁月确实是很不相称的。一方面，这是由于她一生花了不少时间去当啦啦队，鼓励旁人写，另一方面，也是因为她的兴趣广泛，文艺不过是其中之一。她在英美都学过建筑，在耶鲁大学还从名师贝克尔教授攻过舞台设计。我在她家里曾见过她画的水彩，一九三五年秋天曹禺在天津主演莫里哀的《悭吝人》时，是她担任的设计。

我不懂建筑学，但我隐约觉得徽因更大的贡献，也许是在这一方面，而且她是位真正的无名英雄！试想以她那样老早就被医生宣布患有绝症的瘦弱女子，却不顾自己的健康状况，陪伴思成在当时极为落后的穷乡僻壤四处奔走，坐骡车，住鸡毛小店，根据地方县志的记载去寻访早已被人们遗忘了的荒寺古庙。一个患有残疾，一个身染重疴，这对热爱祖国文化遗产的夫妇就在那些年久失修、罩满积年尘埃的庙宇里，爬上爬下（梁柱多已腐朽，到处飞着蝙蝠）去丈量、测绘、探索我国古代建筑的营造法式。费慰梅在她的《梁思成小传》中曾引用梁思成于一九四一年所写而从未发表过的小结说：截至一九四一年，梁思成所主持的营造学社已经踏访了十五个省份里的两百个县，实地精细地研究了两千座古建筑，其中很大一部分林徽因大概都参加了的。

徽因的这些作品，有一部分是我经手发表的，如《模影零篇》。我不懂诗，但我十分爱读她的诗。她的小说，半个世纪前读的，至今仍留有深刻印象。这里，我再一次表示遗憾：她写得太少、太少了。每逢我聆听她对文学、对艺术、对社会生活的细腻观察和精辟见解时，我心里就常想：倘若这位述而不作的小姐能像十八世纪英国的约翰逊博士那样，身边也有一位博斯韦尔，把她那些充满机智、饶有风趣的话一一记载下来，那该是多么精彩的一部书啊！

凌叔华：小姐家的大书房

张丽梅

  史家胡同幽静巷陌的灰色地砖不知被多少镌刻在近代史书上的民国文人大家走过，凌府的大书房业已成为京城里一处文化名家经常聚会的沙龙。有人说：凌家大书房的这个沙龙可称作是凌叔华"小姐家的大书房"，比后来林徽因的"太太的客厅"要早了十年。

凌叔华（1900—1990）是二十世纪与冰心、林徽因齐名的民国文坛三大才女之一。她学养丰厚、文画皆擅长，她的才情及艺术成就，为中国现代文学史增添了一篇重要的华章。

能文会画的凌叔华是最具有中国文人气质的大家名媛之一，当然，民国时期颇负盛名的女作家之一张爱玲也是会画上几笔铅笔画的，貌美如花的陆小曼也是能够画上几幅入眼的中国山水画，但总不如凌叔华的画更能传承中国文人画之意趣。她能文会画是有家族渊源的。她出身一个官宦的丹青世家，父亲凌福彭曾与康有为是同榜的进士，并点翰林，授一品顶戴，官至顺天府尹、直隶布政使。其父擅长辞章、工于书画；母亲李若兰亦通文墨，爱读诗书，典型的书香门第的闺秀；外祖父系粤中画坛高手，家藏书画极丰。良好的家庭环境造就孩子后天的发展，叔华的父亲凌福彭与学界画坛名家交往甚密，康有为、俞曲园、辜鸿铭、齐白石、陈寅恪这样一等一的社会名流是她家常客，在这样谈笑有鸿儒的家庭氛围中，幼小的凌叔华纯净心灵已浸透了丹青的五颜六色，耳濡目染中，绘画便成为一个7岁小女孩最好的游戏，她常在家中粉墙上涂鸦练笔，从中自寻无限乐趣。忽然有一天，细心的父亲发现家中粉墙上多了许多童稚十足而妙趣横生的画作，看后心情十分愉悦，就这样，在众多的儿女之中父亲发现叔华是个绘画的天才，竟然无师自通有了绘画这一大天赋。父亲正巴望着有儿女能够继承自己书画的衣钵，于是就在凌叔华7岁这年，为她正式请了一位专画山水兰竹的王竹林老师教授她学习中国画，第一堂课王竹林老师便把中国古代画论的精髓传授给她，循着中国传统文化这条幽深的道路探索过去。正所谓名师出高徒，多年后，已经成名成家的凌叔华还记得王老师的话："学画山水，第一得懂得山水的性情脾气，这样就会下笔潇洒自然了。就算是画的不照古人画法，你也可以自成一家的。"

随着凌叔华年龄的增长，父亲还请了当时文化艺界一代怪杰辜鸿铭教授凌叔华古典诗词和英文，为凌叔华打下了深厚的古典诗词功底。身为高官的凌福彭，利用一切可以利用的社会关系，为心爱的女儿先后请过慈禧太后的宫廷女画师缪素筠，以及当世的著名女画家郝漱玉两位丹青巾帼，为幼小的凌叔华在学画的最初阶段提供了最好的教育，从而为她打下坚实的绘画基础，后来还得到国画大师齐白石的亲传。凌叔华在这些大师级国画老师的熏染和指导下，在作画中慢慢领会到了"一山而兼数十百山之意态"的妙谛。通过浓厚的中国山水画的汁墨浸染，耳濡目染间凌叔华便渐渐长成了腹有诗书气自华的才女，在仁者爱山、智者乐水的意趣中，真正陶冶出一位仁智才女。在抗日战争那段苦难的日子里，她终日看山作画写文，心境坦然，有那些灵秀的山水殷勤相伴，她自会生出陶渊明那种"采菊东篱下，悠然见南山"的闲情逸致来，也就不觉得是危苦了。观赏凌叔华的画作，总能从她行走的墨迹中看出天人合一的逸气来。她的画深受元代大画家倪云林的影响，那不沾人间烟尘的水墨画神韵，恰似她本人性情的娴静优雅、聪慧与灵秀，仿佛是一株深谷幽兰，亭亭玉立于水畔山泽。从中国的五岳三山到日本的富士山、瑞士的少女峰及苏格兰的高山湖泊，怡养着她乐山知水的情志，对于她来说流连赏玩这样的山山水水就像焚几枝香，泡一壶清茗，坐在竹木窗台下畅饮的那杯清香怡人的下午茶。

漫长的岁月里，从中国到英国，她亦文亦画地生活着，把从小汲取的中华传统文化运力于自己的笔墨之中，挥洒在中国的宣纸之上，先后在巴黎、伦敦、波士顿等地举办个人画展，还用英文撰写很多介绍祖国风土人情的文化艺术文章，让西方世界了解东方文化。作为一位资深的京派小说家，用自己的方式写出了当时女性的困惑和社会的弊端，堪称以后京派小说家的楷模。她的那本用英文书写的《古韵》堪称一本极具生活意趣韵味的、带着淡淡忧伤的自传体小说，再现了一位民国大家名媛在高门巨族里生活的场景。文章散发着温婉清幽的兰香雅韵，读罢让人不舍释卷，一如它的撰主般散发出沁人芬芳。

对这样的一位才貌兼备的大家名媛，更多人关注是她的婚姻。凌叔华识人的眼力是不错的，在如何正确把握婚姻的大方向上，她是可以和冰心、林徽因相媲美的。凌叔华所遴选出的夫君就是那位与鲁迅笔墨论战数年的陈西滢教授。这位长相英俊的青年学者可谓是笔裹风雨，《现代评论》上专为其开辟一个专栏："西滢闲话"。"西滢闲话"成为陈才子展示学贯中西扎实学问的一方阵地。陈西滢犀利的文笔及独到眼光成为《现代评论》的一块金字招牌，从而名震京都，博得凌才女的欣赏，而"西滢闲话"栏中有一篇名为《闲话·粉刷毛厕》影射鲁迅暗中挑剔女师大风潮，拉开了与鲁迅刀笔相搏的两年笔墨战争。文坛斗士鲁迅刀笔的锐利在当时没有几人能抵挡，而面对"西滢闲话"却是费尽了十八般功夫，陈才子出招却常常是绵里藏针。后来，有评论家称陈西滢就凭这本薄薄的《西滢闲话》便可跻身于中国现代散文十八家之列，足见"西滢闲话"笔力之深厚，影响之深远。陈西滢在专栏上的评论一经面世，立即引起读者的强烈反响，只因其文中常有凡人不能言说的真知灼见，其犀利的文笔常常让被批者招架不住。他在与鲁迅笔墨论战期间，若不是鲁迅有那份老辣尖锐的"功力"，恐怕也难占到他半点"便宜"。虽然陈西滢当时属于清贫的文人，然而，因其文才名扬于世，他的才华与人品深深赢得了凌叔华这样一位贵族小姐青睐。陈西滢曾经在英国留学，26岁时在英国读完博士学位便应蔡元培之邀到北京大学任教。凌、陈二人相识于1924年春，当时印度著名诗人泰戈尔应邀到北京访问，北京大学指派徐志摩和陈西滢进行接待，恰逢陈师曾、齐白石组织的北京画会要在凌叔华家的书房开会，而凌叔华因为认识陪同泰戈尔访华的一位画家，便邀请泰戈尔赴会，大家都没想到徐志摩、陈西滢陪同泰戈尔也一起来了，无疑给凌家书房的画会增添了奇异的色彩。凌叔华看到大师级的诗人泰戈尔没有丝毫的畏惧，走到大诗人面前便问："今天是画会，敢问您也会画画吗？"大诗人泰戈尔虽然受到凌府大小姐的唐突，但还是处之泰然地即兴在凌叔华准备好的檀香木片上画上了莲叶和佛像，一叶一菩提，一花一世界，檀香木片上的圣洁莲叶和慈祥的佛像呈现出一派祥和之气，当即凌叔华便被这位印度大诗人给折服了。学识丰厚的泰戈尔对风华正茂的凌叔华语重心长地说："要多逛山水，到自然里去找真、找善、找美，找人生的意义、找宇宙的秘密。不单单黑字白纸才是书，生活就是书，人情就是书，自然就是书。"这位享誉世界的印度大诗人不仅指导了凌叔华诗画，且在无意间充当了她的红媒，促成了她与大才子陈西滢的一世姻缘。就这样，凌叔华在画会上结识了徐志摩、陈西滢两位青年才俊，后来这二位有心的才子都各怀心思成了凌府大书房里的常客，并时常带朋友来这里高谈阔论。史家胡同幽静巷陌的灰色地砖不知被多少镌刻在近代史书上的民国文人大家走过，凌府的大书房业已成为京城里一处文化名家经常聚会的沙龙。有人说：凌家大书房的这个沙龙可称作是凌叔华"小姐家的大书房"，比后来林徽因的"太太的客厅"要早了十年。在凌家"小姐家的大书房"里，凌叔华与陈西滢、徐志摩成了无话不谈的好朋友，自此，独具慧眼的陈西滢展开向凌大小姐的爱情攻势。凌叔华对陈西滢的才学及人品颇为满意，所以对陈才子也是青眼相待的。二人两情相悦，眉目传情，连天天跟随其左右的情圣徐志摩都瞒了过去，当然，其他人就更不知晓了。大家闺秀凌叔华背着守旧的父亲，与陈西滢秘密地谈了两年多的恋爱，直到1926年，两位恋人央求一位长辈按照老派的程序出面到凌府去说媒，爱女之深的凌父沉吟许久才同意女儿与陈西滢结婚。凌叔华父亲凌福彭曾经任过直隶布政使，相当于现在的省长级别，可谓是显赫的高官，凌父还被誉为直隶新政的开创者。

在凌叔华与陈西滢结婚时，视她为掌上明珠的父亲把一个有着九十九间房舍的大宅院的后花园和其中的二十八间房给她做了陪嫁，足见其父对这样一位才华出众的女儿的厚爱。显赫的家族势力使得凌叔华沐浴在爱的阳光下悠然地生活着。

这里笔者不能不说说凌叔华与徐志摩的关系，在与徐志摩有着千丝万缕的几位民国著名才女中，凌叔华与他的关系是最为不同的，她被徐诗人引为"同志"。据说，徐志摩曾经在一个时期内给凌叔华同志写了六七十封信，是怎样的热情让大名鼎鼎的诗人给一位未婚妙龄女子写这么多信？收信人凌大小姐却不曾炫耀过，大约只有她一人知道诗人的心事。多情的徐志摩曾经说过：女友中叔华是我一个同志。就是这位凌同志，替徐志摩保管了他的八宝箱，这个"八宝箱"被徐志摩称作"文字姻缘箱"，这箱中装有情圣徐志摩与其过往女朋友情感的秘密和心事。徐志摩为什么单单就托付给她？后来有人猜测他们之间一定有着超越于爱情之上的友谊，浪漫诗人徐志摩徘徊于几位他爱的及爱他的女人之间，却独独面对凌叔华的时候他表现出超常的依赖与放松。作为她的蓝颜知己，徐志摩对凌叔华的欣赏是至高无上的，他称她为中国的曼斯菲尔德。曼斯菲尔德是徐志摩最热爱的新西兰女作家，他认为曼斯菲尔德的形象代表了清秀明净的女性美。笔者推断：凌叔华在徐的内心里一定有着女神一样的圣洁形象，并且他确认凌叔华是他唯一有益的真朋友，所以才把自己最贴心的物品交给这位与自己并没有绯闻的红颜知己保管的。在徐志摩乘飞机失事后，林徽因便向凌叔华索要八宝箱里涉及她与徐志摩情感历程的日记，两位才女之间展开了一场捉迷藏式的游戏。最终为无数后人揣测的林情徐爱有多深，终究还是锁在八宝箱里没有公布于世，给世人留下一个谜团。

徐志摩猝逝后，在处理其后事时，徐父专程请凌叔华来给志摩题诗碑，这当然是极有缘由的。早在徐志摩到欧洲前就曾将文稿和日记交凌叔华保管，并曾半开玩笑说若回不来了，就要叔华为他作传。徐志摩的第一本诗集上题有"献给爸爸"字样，是凌叔华代写的。因为诸多的原因，徐父对大家闺秀凌叔华颇具好感，是否曾在内心也想让凌叔华做自己儿媳也未可知晓。凌叔华接到徐父的邀请，便题词"冷月照诗魂"寄给徐父，这位新月派代表诗人，被凌才女的这句诗给高度概括了。凌叔华巧借了曹雪芹的"冷月葬花魂"，恰当地运用在徐志摩的身上，真是贴切极了。如今，这句被镌刻于徐志摩碑石上的"冷月照诗魂"的题词，傲然地向世人诉说着诗人短暂而传奇的一生。

往事如风。

然而，那段老时光就像部老电影一样，让怀旧的后人去探寻。十几年前，旅英女作家虹影在英国待久了，就开始挖掘多年前英国人与中国人的非凡交往了。她把目标瞄准在民国时期的一位名媛才女凌叔华的身上，潜心研究了英国著名作家伍尔夫外甥朱利安的一本自传，里面涉及他与凌叔华在中国的交往。触角敏锐的虹影像是挖着富矿一样的兴奋，于是在1997年她便构思了一部作品《K》。虹影在海外被称作华语文坛上女性主义写作的领军人物，她的作品大多是以惊世骇俗著称的，其大胆的文风及让人惊骇不已的真实人物还原的写作风格，总是让更多的读者好奇，她多部作品被翻译成多国文字与世界上各国读者见面，因其作品的口味较重，更适合西方人的阅读习惯。这本名为《K》的书，1999年在台湾首发后，立刻引起华人世界的喧哗，有很多知情人，一下子就给对号入座了。这部书是以民国时期两位著名学者作家夫妻生活为蓝本，加入英国诗人朱利安这位第三者，十分有看点，作品畅销以及被读者强烈关注是一位写作者最大的成功。随着发行量的飙升，让沉浸于被公众强烈关注中的作家虹影欢喜异常。然而，居住在英国的凌叔华女儿陈小滢读到《K》后非常愤怒。她认为《K》是一部以她的父母陈西滢、凌叔华过去生活为背景的作品，文中以淫秽的手法杜撰了许多不堪入目的情节，实属侵犯先人名誉。愤怒的陈小滢遂将作家虹影推上长春市中级人民法院的被告席。2003年7月16日，双方最终在民事调解书上签了字。法院的最终裁决，容许《K》一书改名《英国情人》，并将"无意巧合原告先人的名字身份"等改过后，还可出版。由于双方达成和解，法院也未对侵犯名誉或书中内容是否淫秽进行进一步确认。作为作者的虹影，则"由于无心不慎造成误会，给原告造成了主观感情伤害"，愿意公开在《作家》杂志上致歉；对于原告这几年花在官司上的高额诉讼费和律师费，亦愿意给出补偿费八万元。

想来，旅英作家虹影也不是空穴来风，在后人留下的许多文字里，我们找到了关于凌叔华和英国情人朱利安一些风流韵事来。凌叔华给朱利安的信留存下来的极少，这极少的文字中洋溢着她享受爱情的喜悦，连风格都较过去的有点儿走样。她兴奋而迫切地渴望得到眼前的自由、放纵的刺激时光。凌叔华安排朱利安住在一家离史家胡同不远的德国旅馆，陪伴朱利安逛遍了古城的名胜闹市，故宫、北海、颐和园，还有散落在老胡同里的酒楼茶肆，凡凌叔华认为该去的地方都留下了他们的足迹。那些日子，看戏、溜冰、洗温泉，朱利安享尽了东方大国的情调。他说："这段疯狂的时间让我脑子一片空白。你能猜到我们是怎样的快乐和愚蠢。K（即凌叔华）找不到回去的路了，而我竟丢掉了随身携带的东西。"（**引自江森未刊学位论文《在纪实与虚构之间》**）这次幽会远离武汉，半公开化了。凌叔华带他去拜访自己的故交，他们全是作家、画家、艺术家，朱利安只得以英国作家、外国友人的身份出面，这点让他很不称心，他多想炫耀自己征服了同行的京城大才女。他们一起去看望国画大师齐白石，大师送了两幅画给凌叔华。赴著名作家沈从文家的茶会，在凌叔华的引领下，朱利安能够毫不费力地会晤到多位中国著名画家、作家，他真是喜出望外，像拜见朱自清、闻一多、朱光潜、梁宗岱等名流大家如同见邻家哥哥般寻常。热血沸腾的朱利安觉得这幸福来得太猛烈，人文底蕴深厚的北平古城太让他们依恋了，可是朱利安患上感冒，不离开也得离开了。回到武汉，他们忍不住仍旧常在一起。朱利安学汉语，凌叔华学英语，二人合作把凌叔华的小说《无聊》《疯了的诗人》译成英文，发表到上海的英文《天下》月刊。

他们的恋情如火焰般热烈，但破裂的结局是早已注定了的，炽热恋情包藏着他俩不可调和的思想、道德、婚恋观的差异。凌叔华不管再如何的离经叛道，她总归是中国女性，一旦情感投向哪个异性，像许多东方痴情女子一样，专一、执着、痴情。凌叔华虽不是诗人，胜似诗人。邂逅西方这个帅气的、名实皆符的浪漫诗人，于是她情无反顾，只要永以为好，其他世俗的观念均置之度外。而诗人朱利安可就完全不是这么回事，他成长在布卢姆斯伯里文化圈，全然不把恋情看得如凌叔华这般执着，他们习以为常地公开谈论朋友间的情事和情感转移，默许丈夫和情人同时存在。朱利安随时向母亲报告他在中国与京城名媛的有趣艳遇，甚至提到性事细节，他一再声称，"天生不相信一夫一妻制"。事实上他热恋凌叔华的同时，还与另外的女性关系非同一般，甚至不止一个。在朱利安的日记中，记录了凌叔华的代号为 K，意为他的第 11 个情人。虹影的书名用 K，大概也是由此而来的。朱利安多次表示，并不打算和凌叔华结婚，对于他来说，这仅仅是一场与东方名媛的游戏。

女作家和洋诗人的绯闻在武汉大学校园里流传得沸沸扬扬，凌叔华处境尴尬，似无退路。她恼怒朱利安的不负责任，甜蜜过后是无休止的争吵，而且越吵越凶。凌叔华决心以死抗争，随身携带一小瓶老鼠药，又备了一把割腕的蒙古刀子，再不然就扬言吊死在朱利安房里。诗人感觉到绝望的、痴情的东方女人的可怕，他不得不认真地重新考虑处置两人的关系。最终，朱利安别无选择了，只得准备娶凌叔华为妻，虽然这太违背他自由不羁的本性。他以为不幸之幸的是，这位东方女性没有常人赡养女人的累赘，豪门家族出身的凌叔华即将接受一笔可观的遗产，更何况她还能画画写文章，养活自己绝不成问题，这样看来，与她结婚还是挺上算的。他们开始筹划着让凌叔华先行离婚，朱利安再到另外一个城市，譬如到北平，还是教书，凌叔华随后跟去。这边，身为丈夫的陈西滢终于知道了妻子外遇的事，他非常绅士地提出三种了结方案：其一，和凌叔华协议离婚；其二，不离婚，但分居；其三，彻底断绝与朱利安来往，破镜重圆。三种方案由凌叔华任意选择。陈西滢深爱着妻子，宽厚得超出中国男人的忍受极限。离婚本来是凌叔华所愿，寻死就是为了与恋人长相厮守；面对陈西滢这样宽厚的君子，凌叔华动摇了，她已看清这位洋诗人是不可以托付终身的，最终她选择了回归到丈夫身边这一方案。凌的选择正中朱利安下怀，他已承受不了东方女子那份沉重的情爱。凌叔华出人意料的理智，看着与自己这么多年生活在一起的谦谦君子陈西滢和自己可爱的女儿，她幡然醒悟过来，责备自己犯了一个大错。丈夫的宽厚把她的妻性和母性一下子唤了回来，她把自己浪漫诗人气质的一面立刻给埋藏了，凌叔华决定重新回到朱利安出现以前的生活轨道上，清醒过来的凌已认识到朱利安非终身所能依靠，权衡再三，离婚将失去太多。然而，朱利安的态度却格外出人意料，他忽然改变态度，当感到完全要失去这段情缘的时候，他有些不舍了，他决意要娶凌叔华为妻。此时一切都改变了，骨子里传统的凌叔华已是浪子回头了。朱利安原定任教三年，现在不得不提前离开。武汉大学的左翼学生为他开了小小的欢送会，作为院长的陈西滢表现出绅士般的君子风度，欢送会上他很官方地致了欢送辞。武大的一些教师认为保守的陈西滢赶走了激进的朱利安，却不知是仁厚君子陈西滢为保全妻子声誉，他真是有苦说不出。多年以后女儿陈小滢问起父母这段往事时，陈西滢只是对女儿说，你母亲是位很有才华的女人，我爱她超越一切。

俩人虽已情断，仍有丝连，凌叔华还是老远地赶到广州给朱利安送行，又赶到香港与朱利安再次见面，并约定好继续通信的方式。朱利安曾经和陈西滢承诺不再见凌叔华，转身便食言，陈西滢致信指斥他："你不是一个君子。"（见陈小滢《回忆我的母亲凌叔华》）朱利安回国几个月后便传来他阵亡于西班牙前线的消息。酷似小说中的人物场景，朱利安在临死的时候喃喃自语，又像告诉救护人员："我一生梦想的两件事——有个美丽的情妇、上战场。现在我都做到了。"他只有29岁，在战场上壮烈地告别人间。武汉大学的校友们为他举行了追悼会。传说陈西滢也参加了追悼会，并坐在了第一排。陈西滢是位真君子，他对妻子的忍耐和宽容已经超越了那个时代任何一个男人的尺度，一切都源于他深爱着她，一切也缘于他知晓自己的妻子非同凡俗女子。犹如西点军校的高才生王赓出席前妻陆小曼和徐志摩的婚礼一般，一切都源于爱情。不知凌叔华是否前去追悼已经逝去的情人，她的去与不去，都摆脱不了当时的尴尬，因为年轻，她犯了让自己极为懊悔的错误。或许就像鲁迅曾经评价凌叔华的小说特点一般："凌叔华的小说恰和冯沅君的大胆敢言不同，大抵是很谨慎的，适可而止地描写了旧家庭中的婉顺的女性。即使间有出轨之作，那是为了偶受着文酒之风的吹拂，终于也回复了她的故道了。……世间的一角，高门巨族的精魂。"这位被鲁迅称为"高门巨族的精魂"的凌大小姐那段往事在中国已经差不多消逝得无影无踪。但是在英国，他们妥善保存了朱利安的资料，并整理出版了《朱利安诗文书信合集》，还有他和另一位牺牲者的双人合传《往前线之旅——通往西班牙的两条路》，此书第三章"朱利安在中国"，更多的笔墨则用在朱利安和中国才女名媛凌叔华情爱关系的描述上。而毫不知情的陈小滢，看到朱利安的传记，还以为是父亲的一位故友，就买来作为礼品送给父亲以庆贺老人的生日，知情的陈西滢在书上做了一些点评，经年以后，云淡风轻，原本就是谦谦君子的陈西滢，坐在自家的书房中以一位普通读者的心态去阅读那段与自己相关的不堪回首的往事，此刻屋外是落尘纤纤，秋雨缠绵，他怀想着自己与凌大小姐在史家胡同初次见面的场景，感怀人生若只如初见，何事秋风悲画扇？

前不久《三联生活周刊》刊登了陈小滢口述的《回忆我的母亲凌叔华》，向当今世人展现了一个真实的凌叔华，还原了历史的真相。真实的凌叔华是什么样子？
我想凌叔华女儿的叙述是最可信的。

凌叔华这段在中国人看来出格的往事，被当代一个触角敏感的作家猎为一个极好素材来创作，她挖掘凌叔华那段鲜为人知的私生活，以满足更多人的猎奇猎艳心理。

才华横溢的大家名媛凌叔华曾经生活在父亲妻妾成群的大宅院里，因为作为四太太的母亲一生只生下她们姐妹四个，不曾诞下男丁，所以母亲在深宅大院地位也不显赫。身为女儿身的凌叔华为了提升母亲的地位，她早慧早知，好胜要强，因其才华出众而深得高官父亲的百般宠爱。童年的她就长有一颗比男儿强盛的心，因此，从小她的内心里或许对男人这种可以拥有三妻四妾有着本能的反感，所以在成名成家后，她自我意识强烈地觉醒，在合适的土壤下，她就超越了世俗的轨迹红杏出了墙。

在民国这些女作家行列里，凌叔华是属于多福多寿之列的，儿时她是父母的掌上明珠，成婚后深得夫君的疼爱，晚年尽享人间天伦之乐。试想，人的一生在浩瀚历史长河中是短暂的，然而，九十载春秋对于一个人的一辈子来说也不算短了，就在凌叔华接近九十岁时，她决心从英国回到自己的祖国定居，落叶终要归根的，她又回到了自己的出生地史家胡同四合院旧居，如今已是史家胡同幼儿园了。九十年前，她就出生在这里，当时的凌府张灯结彩为她的出世而庆贺，如今，这里的孩子捧着鲜花，列队欢迎着她，对她大声地唱着"生日快乐"歌，这样的一个回归和轮回，她此生无憾了，她喃喃道："妈妈等着我吃饭……"

在凌叔华去世后的第二年，她的自传体小说《古韵》在台湾出版，几年后由中国华侨出版社出版，可惜当时反响不大，只有她的好友苏雪林发表过评论：这本书文字极其隽永有味，书中插图也出自亲笔，图文并茂，外国读者见之爱不释手。叔华女士文字淡雅幽丽，秀韵天成，似乎与"力量"二字合不上，但她的文字仍然有力量，不过这力量深蕴于内的，而且调子是平静的，别人的力量要说是像银河倾泻雷轰电激的瀑布，她的便只是一股潜行地底的温泉，不使人听见潺潺之声，看见清冷之色，而所到之处，地面上草渐青，树渐绿，鸟语花香，春光流转，万象皆为之昭苏。笔者曾拜读《古韵》，深深体悟到凌叔华身上特有的清逸风情，如幽兰淡雅般士人风范的悠远况味来。

当我再读夏志清的《中国现代小说史》时，发现这样一段话：凌叔华虽得到一些欣赏力较高的读者所偏爱，却没能得到广大读者的赏识。到了三十年代，她为数极少的作品便被当时更重要的作家们的大量作品掩盖住了。但是作为一个敏锐的观察者，观察在一个过渡时期中中国妇女的挫折与悲惨遭遇，她是不亚于任何作家的。整个说起来，她的成就高于冰心。冰心与凌叔华都是生于 1900 年，二人生于同一个时代，但二人文风有异，夏志清把二人放在一起比较，想必有他的道理的。

1947—1948 年的北京史家胡同户口调查表显示，曾住在这里的名流雅士不胜枚举，而最富有传奇色彩的当属居住在史家胡同 54 号的原凌家老宅的主人，享誉海内外的作家、画家、民国名媛凌叔华女士了。

凌叔华在人世间精彩地活了九十年，完成了许多人九百年也做不来的事。

再一次凝视她作的一幅墨竹画，题为：一支寒玉抱壶心。一如她的文字，淡墨勾勒，秀逸出尘，而意味隽永。这般锦绣文字与丹青写意合着她那锦绣的人生，人世间洒脱走一回，凌叔华，她值了。

都说民国之后再无名媛，是的，她带走了的不光是家学的渊源，更是一个时代的风流气韵。

陈梦家：一弯新月又如钩

赵　珩　口述审定　王　勉　录音采访

陈梦家不是有多少政治见解的人，他喜欢一切美的事物，他的诗都是很唯美的，但是唯美却不空洞，是由心而发的……

我很喜欢他，因为他对小孩子尊重

我和陈梦家先生的接触是机缘巧合，在 1957 年至 1961 年这四五年的时间接触最多，那时我也就是十来岁年纪，但是对他的印象很深刻，很多方面也受到他的影响。

来往多是因为这期间我们两家住得很近，我家在东四二条，他家在钱粮胡同，过条马路不远就到。另外，陈先生对我父亲很赏识，虽然两个人年龄相差十几岁，但是很谈得来。

那时候陈梦家先生经常来我家，多则每周，少则一个月一两次。他是个喜欢朋友、爱串门的人，其他朋友家他也常去。他每次来都会和我父亲聊很多，我经常就在旁边，有时候听不太懂，但是喜欢听。

陈先生喜欢和各种人接触，老一辈的，比如容庚、商承祚等，同龄的朋友就更多了，例如比他小三岁的王世襄，年轻人、小孩子他也很喜欢。记得我小时候喜欢看小人书，看完就照着画。最常画的是小人骑马打仗，画了很多张。每次陈先生来，我都愿意把画拿给他看。为什么最爱给他看呢？因为别人看了仅是敷衍说"不错不错"就完了，他却是认真地一张张点评："这个不错"，"这个不大对，手这么拿刀的话根本使不上劲儿啊"。他会认真地指出我很多错误，一一纠正。他还告诉我："画画，人的比例要站七坐五盘三，怎么讲？人站着的比例是七个头颅高矮，坐着是五个头颅高矮，盘腿是三个头颅高矮"，我听得很服气。所以我那时候很喜欢他来，因为他对小孩子尊重。

陈先生喜欢跟我开玩笑。我曾经在一篇散文《凌霄花下》中写到过关于陈梦家名字的问题：有一年我家的凌霄花开得很茂盛，陈梦家在凌霄花下跟我父亲聊天，后来父亲有事暂时离开，他就和我聊了起来。聊着聊着突然问我："你知道我为什么叫梦家吗？"我说："不知道啊，你是不是做梦见家了？"他说："不是。是我母亲生我之前梦见一头猪，但是我总不能叫梦猪吧？所以就把猪上面加了一个宝盖。"到底是他逗小孩子还是真的如此？我不敢说，可是我知道他弟弟叫梦熊。

他的夫人赵萝蕤先生也偶尔到我家来，但很少和陈先生一起来。她来主要是找我母亲，因为都搞翻译工作，所以和我母亲聊得来。1959 年的夏天，赵萝蕤和我的母亲同去北戴河住了两周避暑，陈梦家几乎天天来我家。1961 年我的父母搬到西郊翠微路二号大院，距离远了，来往也就少了。

二十岁的新月诗人

陈梦家先生是浙江上虞人，1911 年出生在南京，父亲是一名牧师，他哥哥、弟弟、姐姐都有，是一个多子女家庭。他父亲因教职工作，生活比较颠沛，主要往来于宁沪之间，所以陈梦家先是在南京上学，后来又到上海就读。

他小时候就很喜欢中国古典诗词，后来受到新月派的影响。早期新月的健将主要是闻一多、徐志摩，还有朱湘，他们主张新诗也应该有一定的格律和体意，陈梦家正是闻一多和徐志摩的学生。后来新月派受到批判，也是因为他们主张诗应该表现美。

陈梦家先生是新月派的后起之秀，同时期还有方玮德、卞之琳等等。因为陈梦家的父亲是神职人员，所以他从小有机会接触很多西洋文学。他的英文非常好，再加上古典文学功底深厚，使他能把西洋文学和中国古典文学的美融为一体。1931 年，陈梦家在二十岁的时候出版了《梦家诗集》。他的《一朵野花》《燕子》《白俄老人》《铁马》等名篇都收在这本集子里，当时影响很大。

那时我一直不知道陈梦家是诗人，他也没有和我说过。后来从我父亲那里才知道他是诗人，还觉得他和我想象中的诗人对不上号。我读到陈梦家的诗是在"文革"以后了，在那个时代，陈梦家早已消失在中国的文坛。

转行，从诗人到考古学家

1932 年，陈梦家考入燕京大学，到了北京。他先是在燕京大学学宗教学，后来转到文学院成了闻一多的学生。后来他和赵紫宸的女儿赵萝蕤相识。赵萝蕤先生是学西洋语言文学的，也是一位才女。他们在 1932 年左右结婚，婚后生活很不错，两个人住在燕京大学里面。很多人说陈、赵二人真是郎才女貌，但是我见到赵萝蕤时没觉得她有多么漂亮，严肃得让我甚至有点怕她。

我见到赵萝蕤先生时她已经有些发胖，个子在当时女性中算高的，戴一副白边眼镜，不爱说话。我小时候对戴眼镜的人都有点抵触，而且赵萝蕤没怎么跟我说过话，她来都是找我母亲聊天。

陈梦家年轻时非常漂亮，眼睛很大，个子中等偏高，估计有 1.75 米左右，肩膀宽宽的，风度翩翩，我见他时他已经有眼袋了，但依然能看出年轻时的风采。他那时略略有了些白发，但身体很好。他很少穿西装，总是很朴素的布质中山装。偶尔穿一件西服上身，也不打领带。我觉得他是我见过的最洒脱的人，当时非常崇拜他。

他真正从诗人转行为考古学家，严格来说是在国外的一段时间。1944 年，他由当时在燕京执教的费正清和金岳霖介绍，到美国芝加哥大学去教中国古文字学。1944 年至 1947 年他在美国，从 1947 年开始他到欧洲四处游历。我觉得陈梦家是一个极其爱国的人，因为这个时期他做了一件非常了不起的工作，就是把中国流落在美国和欧洲的青铜器逐一做了著录。他到各个国家的博物馆去看，也到许多外国的收藏家的家里去看，见到我国的青铜器就将器物的器形、年代、流散国外的时间、由谁收藏等等都记录下来。这是非常大的工作量，没有特别的爱国热情，是不可能做那样的事情的。后来他做的著录都结了集。诗人陈梦家变成了考古学家陈梦家，这是他人生中极大的转折。

不久后，陈梦家回到国内，在燕京大学执教。1952年院校调整以后，他就到了社科院——当时叫哲学社会科学部考古所，从此从事文物考古工作。

他对考古学有浓厚的兴趣，也包括青铜器、甲骨文等文字学。他的《殷墟卜辞综述》就非常有名。对殷商和西周，他也做了一些纪年上的纠正。他非常推崇《竹书纪年》的可靠性，并与万斯年先生一起修订了万国鼎的《中国历史纪年表》，1955 年出版后，大家都觉得非常好用，他曾送给我一本，虽然那本早就不在了，但我从小到今天都在使用，不知道用坏了多少本。

被打成右派，心情不愉快，依然做事情

1957 年，由于某位人品很坏，且混迹于文化界的大人物的授意，陈梦家受到冲击，从学术批判到人身攻击，主要罪状只因他曾说过"外行不宜领导内行"和"文字改革应该慎重"这样的话，后被说成是"外行不能领导内行"和"反对文字改革"，从此，右派分子的帽子便扣在了他头上。其实，"外行不宜领导内行"，他仅是针对考古所讲的，并没有针对全社会；关于文字改革，他也只是说过"应该慎重"而已。

他被打成右派，处理得算轻的，没有发配到边远地区劳动改造，但是他的心情非常不愉快。在这种不愉快

的心情下，他做了好多事情。他最重要的几部著作包括《西周青铜器》和修订的《西周年代考》《六国纪年》等等，都是这一时段完成的，这些都是考古学方面的重要著作，可以说他是当时考古学界的领军人物，也是在考古学领域有建树的大家。当时作为右派是不能在著作上署名的，只能署成考古所编，或者考古所著，他并不太在意署名的问题，只要自己的研究能够完成，他就很高兴了。今天很多著作已经恢复了陈梦家的署名。

但是，他被打成右派却对赵萝蕤的冲击很大，因此患上了神经分裂症。

兴趣广博，精力充沛

他的精力非常充沛。除了做他的研究工作还有很多爱好，是一个兴趣非常广博的人。王世襄先生曾经一说起明清家具收藏，必提到陈梦家。王世襄说："今天拿我当成了明代家具专家，其实我跟陈梦家没法比，他的收藏、研究深度比我强多了。"而且王先生对陈梦家的诗也很佩服，曾经和我说起过。我不懂家具收藏这一门，但我记得我去陈梦家家里见过不少红木家具，而且都是正在使用的，而不是作为收藏品。记得他有一个脸盆架，是明代的，平时也用，我印象很深。

他也很好吃，曾带我去过好多次隆福寺，别看他是浙江上虞人，生长在南京、上海，对北方的东西也很喜欢。我家那时搬到东四不久，对这些不太了解，他就介绍了一家小馆子，专门吃面食，是从切面铺发展起来的，叫灶温，最有名的是小碗干炸，还有一窝丝，是一种油酥饼。

他也特别喜欢看戏，尤其喜欢地方戏。实际上我看戏的历史也很长，从五岁就开始了，但我们家主要是看京剧，不看地方戏。我父母看地方戏都是陈梦家带去的。印象最深的是他请我父母带我去看川剧。他对川剧演员也很熟悉，比如名小生曾荣华、名丑周企何，还有当时比较年轻的一生一旦，一生是袁玉堃，一旦就是陈书舫。

不光是川剧，小地方的戏他也看，像陕西秦腔《火焰驹》，甘肃陇剧《枫洛池》，这些戏后来我再也没看过。

当时人民市场的最后面有一个小剧场叫东四剧场，

他也经常去，现在早已经拆了。东四剧场不在街面上，窝在里面，生意很不好。记得有一次来了个邯郸地区的曲周豫剧团，当时叫河南梆子，后来叫豫剧。这个剧团挑班的是在邯郸地区非常出名的一位旦角，名叫肖素卿。邯郸地区曾经有这样的谚语：不打油，不点灯，不吃饭，不买葱，攒钱要看肖素卿。

这个剧团属于民营公助，当时东四剧场在节假日才能上四五成座，平时也就是两三成。戏班在那里演出两个多月，不敢住旅社，全班人马都住在剧场后台。当时是冬季三九天，腊月严寒，后台连取暖的设备都没有，生活条件很艰苦。但这个肖素卿真有本事，一个月戏码不翻头（注：不重复的意思）。陈梦家能够一个月看十几二十场，也带我看了很多，比如《三上轿》《金水桥》《对花枪》《梵王宫》《大祭桩》等，文戏武戏都有。

肖素卿当时三十出头，是一个有点乡土气的女演员，长得很周正，白白净净的，一口河南话，穿着非常朴素，就是一身蓝色的棉袄棉裤。陈梦家很喜欢她，很捧她。之前陈梦家没听说过肖素卿，一听她的戏就觉得好。那时候票价便宜，马连良的戏不过也就一块钱一张，如果张、马、谭、裘合作，能够卖一块五或者两块钱，二流演员卖八角六角，肖素卿那时的最高票价大概是三四毛钱。

小剧场卖不上座，陈梦家就买了很多票送认识的人。他有时候还写点戏曲评论，发表在报纸上，也写过捧肖素卿的文章。他也请肖素卿吃过饭，我也曾跟着去过。吃饭就在东四附近的小馆子，白魁或者灶温，一块多钱就吃得很好了。现在想找一张肖素卿的剧照都很难，有一张模糊不清的，是上妆照，便装照没有。那个时候陈梦家在他的朋友间掀起了一股肖素卿热，我在他的影响下，也喜欢上了地方戏。

陈梦家很懂戏。有几位特别棒的川剧演员，他们有什么好处，他都分析得头头是道，也经常讲给我听。比如曾荣华当时有一出戏叫《铁笼山》，这和京剧《铁笼山》是两回事，是演元代铁木儿的事。曾荣华在其中是小生的扮相，篡位下毒时打油脸。油脸就是演员在粉底后画黑眼圈，再抹很多油。我就问陈梦家为什么脸上要抹很多油？他说这是人物心里面想坏事呢，表现他很惊恐。后来我发现很多戏里都有这样的扮相，例如《乌龙院》《伐子都》都在表现宋江、子都内心惶恐时打油脸。

他还讲过地方戏的一些特点，很多是我没有注意到的细节，比如演员穿的褶子（注：袍子，传统戏装中的一种便服），川剧和京剧就不一样。川剧中的褶子开气很高，能开到腰，一踢腿，会露出鞋子和彩裤；京剧中褶子开气低，走路时是不能露出里面穿的彩裤的。

陈梦家是一个南方人，在南京长大，在上海写新诗，又从小学英美文学，后来成为考古学家，他对戏曲能那么喜欢，真是很难得的事情。但是赵萝蕤先生对此就没什么兴趣。

以死抗争人身侮辱

这样兴趣广博、为人洒脱的人，在五十年前的 9 月 3 日，自缢身亡。

陈梦家 23 日那一天也受到了批斗，应该是在考古所，被打得遍体鳞伤。8 月 24 日，陈梦家服用大量安眠药自杀，被送到隆福医院抢救，没有死成。赵萝蕤那天

弗兰茨·马尔克
(Franz Marc 1880 — 1916)

1880 年 2 月 8 日出生于慕尼黑，1916 年 3 月 4 日死于法国凡尔登战役，德国画家，艺术团体"蓝骑士"成员。他是 20 世纪最伟大的画家之一，也是德国表现主义的创始人之一。他喜欢把动物作为原始和纯洁的象征，它们与自然和谐共生，因此实现了他的创作理念。其作品的用色不仅是表现主义的，也是象征主义的，有自己的色彩规则——用蓝色表现男性，黄色表现女性，红色表现物质。

也在自家院子里遭批斗和毒打，夫妻不能见面。陈梦熊去医院看望哥哥，不允许见，于是转去看嫂子，嫂子正在挨批斗，陈梦熊来了正好一块斗。

陈梦家身体不错，打断几根肋骨对他来说可能不算什么，但他不堪其辱，他说："我不能那样被别人当猴耍！" 9月3日，他再次自杀，是以自缢的方式结束了自己的生命。

同一天，傅雷在上海的寓所自杀。

这些情况我们都是过了一两个月才知道的，惊魂甫定之后，才互相打听一些消息，那时候每一个人都惴惴不安，自顾不暇，首先考虑的是自保。第一次听到这个消息时既不是多么难过惋惜，也没有因为活下来而庆幸，因为听得太多了，有时候同时会有几个人类似的遭遇灌到你耳朵里，听的人完全处于一种麻木的状态。

慢慢的，对于陈梦家去世的惋惜之情升起。可是当时这样去世的何止陈梦家一人？ 9月3日这一天，北京自缢了陈梦家，上海自杀了傅雷。无论傅雷也好，陈梦家也好，我相信他们都是带着对中华民族的热爱，也带着对世事的绝望而远行的，他们是用死做了一种他们仅能做到的抗争。他们对谁都没有仇恨，只是不堪其辱。有人说陈梦家那天晚上或许看到了新月，这轮新月是为他送行的吗？

陈梦家不是一个灰暗的人，我从来没有看到过他有愤恨的情绪，他都是用自我解脱的方式来面对残酷的现实。1957年他是这样过来的，但是1966年他没有过去。那一年，很多人都没有过去。

陈梦家和赵萝蕤没有子女。他去世后，我们家和赵萝蕤先生也就没什么来往了，她还继续搞一些翻译或英美文学的研究。她比较避讳提陈梦家，我想她是把她最美好的记忆停留在了几十年前，当时，他们是令很多人羡慕的一对。

去世十二年后，等到平反昭雪

1978年，陈梦家去世十二年后，等到了平反昭雪。那段时间平反昭雪的大会几乎天天有，从彭德怀这些政治人物到文化界的精英，接踵而至。

大会是在八宝山举行，我是一定要去的。好像坐的是社科院的大轿车，上车后我和历史学家马雍坐在一起。他对陈梦家也非常崇拜，而更多是在学术方面。马雍先生是马宗霍先生的哲嗣，幼承家学，他不仅是历史学者，涉猎面也很广泛。一路他跟我聊了很多陈梦家的往事。我印象最深的是他说搞学术研究应该具备三个条件：第一要比别人具有更高的见识；第二，应该有触类旁通的广博知识；第三，更应该有才情。他说陈梦家是具备这三个条件的学者。

陈梦家绝对是天资聪慧，作为诗人，他是一个真正的诗人，作为考古学家，他是一个全身心投入的学者。这两个行当实际上距离很远，他能够都做到很好，真是了不起。他一个真正的学者，也是深具才情的人。

那天去的人很多，大概有五六百人。我记得灵堂门两侧的挽联是由梅兰芳次子梅绍武先生和夫人屠珍两个人写的，一副长联，写得非常感人，可惜我已经记不清具体词句了。梅绍武夫妇是赵萝蕤先生的弟子，也是学西洋语言文学的。

陈梦家不是有多少政治见解的人，他喜欢一切美的事物，他的诗都是很唯美的，但是唯美却不空洞，是由心而发的。其实，我一直不太赞成"诗言志"的提法，我认为诗是言情的。没有情，就谈不到志，没有情的"志"是苍白的，所以我认为陈梦家先生是喜欢世界上一切美好事物的人，他从不招惹别人，只想做好自己。他这样一个人，在那样一个时代是无法忍受的，所以愤然离世，我觉得对他来说也是一种解脱，他用死维护了人格尊严。

陈梦家先生的死是个悲剧，但不仅是他个人的悲剧，也是我们民族的悲剧。有些东西不能忘却，有些伤疤也不会因为时光的流逝而抚平。我们记住这些伤疤，是为了让我们的国家和民族不再遭受这样的创伤。

五十年过去了，陈先生的为人，我对他的感情，一直永驻。

非常态的民国大咖马君武

王开林

南社是 20 世纪中国规模最大的诗歌团体，马君武与苏曼殊、柳亚子三人尤其著名。马君武固然是大诗文家、大翻译家，但从本质而言，他是个彪悍的广西佬，他信奉的处事原则是"能动手时尽量别吵架"，一言不合就开打。倘若谁有兴趣给民国知识分子弄个好勇斗狠排行榜，马君武绝对名列前茅。

如若将人的精神粗坯喻为生铁，则社会为炉，经历为锤，性格为炭，教育为鼓风机，炉膛之冷热，落锤之重轻，性格之刚柔，教育之优劣，这四要素于塑形关系至切，于定型关系至大。凡人自呱呱坠地开始，经四要素合力锻造而具备格局和规模，故其气性、气质、气度恒可推知，其接物、待人、行事皆能预见，所由来者久矣。

马君武的祖籍是湖北蒲圻，其高祖云台公靠卖豆腐为生，其曾祖马丽文靠苦读考中道光年间进士，在广东高州、广西西恩府做过知府，于瘴烟雾霾之地为官清正，口碑极佳。他死后，家无余财，亲人流寓桂林。马君武九岁丧父，由寡母辛苦养育，由于别的出路都被堵死了，"拼命读书"和"立志做人"就是他不得不过的两道关口。十二岁时，马君武开始广泛涉猎中国古典名著，文学爱好由此萌蘖。十五岁时，他寄居于外舅祖陈允庵家，充分利用陈家丰富的藏书，潜心研读，那两年的发愤，抵得过同龄人十年的努力。马君武的母亲以严厉著称，她常说："铁不打不成好钢，孩子不打不成好人。"夜间，在油灯下，她一面缝补衣服，一面监督儿子做功课，手中所拿的是一根粗重的木棍或一块厚实的竹板子，如果马君武偷懒走神，就会挨打。直到十七岁，马君武才接受完母亲最后一次棍棒教育。多年后，他偶然谈起往昔的体罚过于严酷，母亲诸淑贞笑道："你不挨打，焉有今日？"有趣的是，清朝末年，男女平权的风气初起，马君武力劝母亲入校就读，亲友闻之，莫名其妙，素来只有父母督促子女寒窗苦读的，马君武反其道而行，莫不是中了邪？

一、鲜活态：大胆求新的诗文家和翻译家

马君武毕生用力甚多而见效甚明者，一为诗文，二为翻译。

马君武好作旧体诗，不泥古，多创新，他爱用洋

典故，往往别出心裁。老辈人物墨守成规，对这种古怪的尝试嗤之以鼻，但深知其三昧的人则乐得承认这些内置的洋典故恰到好处，能够产生意想不到的美感。马君武展谒岳坟，吟成七律《杭州拜武穆王墓》，其颔联为"国会冤刑苏拉第，敌军威慑汉尼巴"，苏拉第即古希腊哲人苏格拉底，汉尼巴即北非古国迦太基名将汉尼拔。苏格拉底无辜，国会却判处他死刑。汉尼拔善战，世人都称赞他为"战略之父"。马君武选择这两个洋典故，一是诉岳飞之冤情，二是赞岳飞之战力，令人有耳目一新之感。

南社是 20 世纪中国规模最大的诗歌团体，苏曼殊、马君武和柳亚子三人尤其著名。南社容纳了许多同盟会会员，进步倾向，革命色彩，乃是它的一大特质。马君武写诗，"鼓吹新学思潮，标榜爱国主义"，既以才情取胜，又以新奇见称。在《寄南社同人》一诗中，马君武写道："唐宋元明都不管，自成模范铸诗才。须从旧锦翻新样，勿以今魂托古胎。辛苦挥戈挽落日，殷勤蓄电造惊雷。远闻南社多才俊，满饮葡萄祝酒杯。"何谓"旧瓶装新酒"？何谓"旧锦翻新样"？马君武为众人做了成功的示范。

除了是著名诗人，马君武还是随笔大家。20世纪初，在日本留学期间，《新民丛报》就是他展示"屠龙"手段的地方，观点之犀利，意态之轩昂，文字之精警，无不令读者过目难忘。

1902年，马君武二十二岁，撰写《〈法兰西今世史〉译序》，即出语惊人，针砭到位："中国乃初生而殇之婴儿也。唐虞以前之事，不可考矣。尧舜禅让，民政萌芽，夏禹传子而遽斩矣。自时厥后，民贼代兴，故吾中国尘尘四千年乃有朝廷而无国家，有君谱而无历史，有虐政而无义务，至于今日。奄奄黄民，脑筋尽断，血液尽冷，生气尽绝，势力尽消。尚何言哉，尚何言哉！"同年，他撰写《〈俄罗斯大风潮〉序》，也有令人耳目一新的卓见："人间之最恶者，莫如野蛮时代之圣贤矣。其识见局囿于社会之中，受社会之等等影响而不可脱却，故顺社会之风潮所趋而立说，不能立足社会之外，以指点批评现社会之罪恶，出大力以改造社会，破坏旧恶之社会，另造新美者。其人又稍有知识愈于众，其说现出，则万千庸众奉其言为经典，视为神圣不可干犯，于是旧社会罪恶之根蒂因之愈固。虽然，野蛮时代之圣贤，在如彼之时代固不可无，而在文明之时代，可谓之为大怪物矣，其功罪每每相抵也。予敢决一言于此曰：无改造社会之思想者，其人断不可谓之大豪杰！"这段话简直就是"圣人不死，大盗不止"的最佳注脚，给了那些认定只有圣贤才能够挽救世道人心的迷信者一记当头棒喝。他撰写《论中国国民道德颓落之原因及其救治之法》，笔锋直指病灶，质疑众人习焉不察的固定疗法："不先改革道德，而欲改革政治，则犹之执规以画方，南辕而北辙也。国民之有道德也，犹之身体之有脑筋也。脑筋有病，而欲于区区肢趾间施药石以治疗之，其何能愈？"马君武的随笔文章，以纵谈古今、放议中外的言论最为精彩，往往能见人之所未见，发人之所未发。

很少有人像马君武那样，长期在国外求学，合计十五年。1903年秋，马君武考入日本京都帝国大学，选择的专业为工艺化学。他舍弃文学选择化学，目的很单纯：在排满扑清的革命事业中，他所学的专业能够派上大用场。马君武的心情相当急切，暑假期间，他就向一些激进的留日学生传授炸药制造术，为狙击和刺杀清廷权贵做好前期准备。1918 年夏，他还担任广州石井兵工厂总工程师，亲手研制出新型炸药，化学本行一点也没丢。

1906 年，马君武从京都帝国大学毕业后，返回上海，出任同盟会上海分会会长，以中国公学教职（**总教习兼理化教授**）为掩护，继续开展革命活动。他敢言敢行，很快就引起了两江总督端方的警觉，一度遭到指名通缉，幸得两广总督岑春煊为之缓颊，两广学务处提调高凤歧为之出力，以广西公费资遣德国留学，入柏林工业大学攻习冶金，四年后，获得该校工学士学位。1911 年 11 月，马君武回国襄赞革命事业。1913 年冬，马君武应邀赴德国深造，一度入柏林农科大学读书，又在波鸿化学工场任工程师。"予自（民国）二年以来，作工于德国工场，以余暇著书，每至夜深始罢。以为输进真实之科学于祖国，为予现在之惟一义务。""当时之勤苦，德国友人每赞异之。予则以为亡命异域，所以报国者，在输进西欧文明。"马君武在德国编译了《矿物学》《实用主义动物学教科书》《德华字典》等工具书，历年以来，他还翻译了多部世界学术名著，达尔文的《物种由来》、密尔的《自由原理》、斯宾塞的《社会学原理》和卢梭的《民约论》。其中，《自由原理》最得译界好评，梁启超誉之为"继《天演论》之后中国之第二善译本"。马君武觉得，为国家体面之故，固然不可没有这些名著的译本，其宏愿则是"以此震荡国人之脑气"，以开启民智为己任。1915 年，马君武获得柏林工业大学工学博士学位，成为中国留德学生获得工学博士学位的第一人。

当年，翻译界的头号快枪手非马君武莫属，别人翻译外国诗歌，抓耳挠腮，不得要领，而他左手挟烟，右手执笔，顷刻即可完工，格律之谨严，体式之稳称，才思之敏捷，笔调之娴熟，处处令人拍案叫绝。他将法国文豪雨果题赠情人的诗作《阿黛尔遗札》翻译成七律，堪称无缝对接，诵之荡气回肠，令人不能自已，试看其译笔："此是当年红叶书，而今重展泪盈裾。斜风斜雨人将老，青史青山事总虚。两字题碑记恩爱，十年去国共艰虞。茫茫乐土知何在？人世苍黄一梦知。"马君武稍有余暇则笔不停挥，每天翻译以三千字为率，日久功多，共出版译著二十余种。

马君武精通日、英、法、德等多国语言文字，涉足的专业领域相当广泛，文、史、哲、理、工、农，他拆除了六者之间高大坚厚的隔墙，使之门户畅通。马君武的弟子朱经农感慨道，"凡是校内功课，没有一门他不能教。"也就是说，即使马君武的学生对外界骄傲地宣称"我的德语是化学老师教的"，也绝对不算一句笑话。

二、狂热态：好斗的政治家

据郑逸梅的《南社丛谈》记述，马君武好下围棋，而且好下"革命棋"，不长考，不细虑，落子如飞，猛冲猛打。他与南社诗人程善之对弈，两人皆喜欢悔棋，有时竟将枰间所下之棋子悉数悔完，传为趣谈。围棋高手徐润周观棋后有感，化用王安石诗意，调侃道："余兴枰边两社翁，考工革命未全融。随缘胜败随缘悔，细事真情识见通。"赞中有弹，令人解颐。

1901 年，马君武想到日本留学，求助于一位姓刘的县长，后者资助他四十元旅费。于是马君武先抵香港，剪掉辫子，添置了一套薄西装，然后坐三等舱赴日本横滨。时值凛冬，他背个空行囊，直冻得牙齿打架，好不容易找到熟人、大同学校教师汤觉顿，总算有了栖身之所。汤觉顿介绍马君武去见大师兄梁启超，想在其译书公司做事，但由于经营不善，译书公司已经倒闭。然后汤觉顿又介绍马君武认识了热爱中国文化、赞成中国革命的宫崎兄弟，从而与孙中山建立了联系。马君武主动拜访孙中山，披沥所见，深蒙器许，其观感是："康、梁者过去之人物也，孙公则未来之人物也。"孙中山喜欢阅读战史和哲学，看过的名著，大部分都随手赠送给志趣相投的友人，马君武就有幸获赠过不少图书，将它们运回国内，珍藏在上海，可惜这些具有纪念意义的书籍后来悉数毁于兵燹。孙中山念及马君武初到东瀛，人地生疏，生计拮据，特意介绍他去东京与秦力山合住。当时同盟会尚未成立，马君武追随孙中山，游扬翊赞，完全出于至诚。迨中国同盟会初具雏形，他积极参与章程的草拟工作。1905 年 8 月下旬，马君武被推举为同盟会秘书长、广西主盟和《民报》主笔。

在口述文章《我与孙总理》中，马君武表示他敬佩孙中山，以五点为要：一是勤于求知，于实用学问，兴趣甚广，而且多有研究；二是不记私仇，待人接物时推心置腹，一视同仁；三是知人善任，无分亲疏贵贱，量才器使；四是富于理想，由努力求知而来，目光远大；五是坚决实行，愈挫愈奋，再接再厉，直至缔造共和，成就伟业。

辛亥武昌首义，马君武受命赴鄂，与各省代表起草临时政府组织大纲。"闻国父归国，诘朝东下，力主依大纲选国父为大总统，著文报端，唤起舆论，使沮尼之意也消，党诔遂决。"那时，马君武年方而立，血气方刚，碰上数千载一遇的历史转折关头，整个人都"开了挂"。1932 年，他在《自述》中讲道："忆起二十一年前的我，正是三十年华，英气蓬勃，代表广西到炮火下的武昌，起草政府组织大纲。又回到南京出席，开了多少会，说了多少话，别人欠理的提案，一语打消。开了会，又到上海欢迎孙中山就任临时总统职。连夜赶回南京，一路叫着'中华民国万岁'，喊得嗓子都破了。但是那时精神很好，一切应付裕如。"年轻就是本钱，能有幸成为共和国的首批公民，年轻就更是幸运。

民国初肇，革命党领袖的避战心理占据了上风，他们忌惮袁世凯所掌握的强大武力，迷信其旋转乾坤的霸才，甘愿将政权拱手相让，将共和幼婴的摇篮由南京转移到北京。孙中山自觉在政治、军事方面的才能、经验上，袁世凯比他强出许多，他乐意去办理自己最感兴趣的铁路交通，以消除南北纷争，促进社会进步。当时，汪精卫的言论最具冲击力和代表性，他说："中山先生应该离开南京，将政权交出。如果不是这样，是谓恋栈，直是无耻！"胡汉民也说让位是不要紧的。唯有实业部次长马君武认为袁世凯心怀叵测，是厚貌深衷的乱世奸雄，其生平劣迹昭彰，债外交，卖同党，诌附醇亲王，摧残革命者，实为奴隶性最深而富贵心最热之人。革命党领袖今日避战，将来终有一战，只怕到了那时，形势于我方更为不利，他的这个预言真是太准确了。无奈孙中山去意已决，反对意见归于无效。孙中山卸职后，以兴办铁路为职志，马君武也不愿北上附袁，就干脆做了孙中山旗下的铁路公司秘书长。

马君武斗性强，火气大，撩不得，激不得，一撩一激，轻则不欢而散，重则头破血流。有一次，马君武在南社聚会中与苏曼殊斗诗，马君武落于下风，一时恼羞成怒，站起来就要弄死"兵火头陀"，幸亏大家劝住了。马君武骂过大师兄梁启超是"妄人"，他与宋教仁交谊甚笃，也有过肢体冲突。民国之初，在南京开会，各抒己见，宋教仁当众夸赞袁世凯，出语偶有不合，为此细故，马君武暴跳如雷，掌掴好友，伤及一目。宋教仁固知马君武是个狠角色，遂避其锋芒，未与计较。事后，马君武冷静下来，愧悔交加，主动去医院向宋教仁赔罪，两人仍复握手如故。

1916年，国会复活，马君武以参议员身份出席，政府提议加入协约国，对德宣战，国民党强烈反对，马君武在会场中大声疾呼，态度尤为激烈。在宪法审议会休息室阶下，马君武挥杖怒击赞成参战的政学系骨干李肇甫，当场将其殴伤。尽管此举触犯了众怒，但他毫不气馁，毫不示弱。

国民党元老居正撰文称赞马君武："生平去恶，如农夫之去草，尝一怒而恶人敛迹。秉刚守正，不附不阿，其忠勇有如此者。"这段话字字可信。马君武固然是大诗文家、大翻译家，但从本质而言，他是个彪悍的广西佬，他信奉的处事原则是"能动手时尽量别吵架"，一言不合就开打。倘若谁有兴趣给民国知识分子弄个好勇斗狠排行榜，马君武绝对名列前茅。

在广州大元帅府中，秘书陈群性格暴躁，好与同寅争执，往往不过三言两语，他就捋袖出拳。斯文人都鄙薄陈群的傲狠，视之为下流，避之唯恐不及。马君武则遇强更强，其勇气胜过斗牛犬，岂肯向陈群俯首低眉？某日，两人狭路相逢，动起手来，马君武的拳脚又快又狠，专门重击对方的要害部位，陈群疲于招架，夺门而逃，事后对人说："广西佬惹不得！"

1921年7月，马君武被任命为广西省省长。此前的各省省长，多为官僚和军人，甚至连接受招安的绿林盗魁都有机会染指分羹，马君武是在西洋得过工学博士学位的学者，他当省长，可谓是中国现代政坛上破天荒第一人，创下了新纪元。当年，孙中山在南宁作广西善后方针的演说，他赞扬"马省长乃一真诚拥护民治之学者"，并鼓励"广西同胞应同心协助，以求公共幸福"。

马省长果然有个性，有特点，他对人说："余做省长，有权在握，则何事不可为？昔人谓'大丈夫不可一日无权，小丈夫不可一日无钱'，今做省长，财政不愁无办法，政治和地方建设，亦可望卓然有成！"他拟定治桂的大政方针，要点是六个字——"要致富，先修路"，将公路建设放在首位，第二步才是全省实业总动员。莅任之始，他责令财政厅牵头筹集修筑公路的专款，财政厅长以战后民穷财尽、无款可筹为由，挂印而去，马君武为之抓狂。但修筑公路是马君武的心愿，也是他的心魔，即便军阀刘震寰多方阻遏，也拦不住这匹"癫马"。有一次，刘震寰向马君武索取军饷一百万元，还说："不给钱，地方安全难以保障，真要是敌军杀过来，你们文官可别抱怨爹妈生的腿短！"对于此种难堪，马君武夷然处之。在军政会议上，刘震寰报告须以军饷为急，马君武却大唱反调，报告要以筑路为先。刘震寰大怒，拍着桌子吼道："你就不怕打起仗来，地方糜烂？"马君武从容作答："余虽书生，但向来不畏战争；何况战争在中国，已属司空见惯，若云战争即不筑路，则百政皆可停滞矣。更须知者，战争为军官之责任，而筑路亦为文官之责任也！"嗣后，敌军入侵，马省长仍拨付经费去宾阳修路。刘震寰急得六神无主，致电大元帅孙中山："癫马发癫，兵临城下，款移筑路，亡在旦夕！"从此，"癫马"一名遂成马君武的专利。马君武最受人诟病的是，好以外国政治方略治理粤西，胶柱鼓瑟，不得要领，粤西官场还给他取了个"神经省长"的绰号。马君武是单纯的书生，明显缺乏官场的阅历和灵活的手腕，但他服务桑梓的信念甚是坚牢，刷新粤西政治局面，变革更张过于偏激，乱世民不聊生，官不聊生，谁会把修筑公路看得比身家性命更要紧？结果可想而知。

1921年8月至1922年4月，马君武主持广西省政务，通共不过八个月。此前，陆荣廷在广西盘踞多年，政绩糟糕，他任用官员，不问对方才干如何，只问是不是同乡。还有一位陈炳焜，也很有势力，同样是只信任自己的老乡。陈炳焜是马平人，陆荣廷是武鸣人，当时，在广西官场中有句谚语广为流传，那就是"不平则鸣"，意思是：官老爷不是马平人，就是武鸣人。马君武想改变这种现状，但他的同志太少，就好比演戏没有合适的配角，众人离心离德，老想着拆台散伙。有些官员当面答应要振作精神建设广西，转过背去就是拉帮结派，舞弊贪污。对此情形，马君武感叹道："这真的无异于举起手发誓，双脚便在地上画'不'字。"

1922年6月16日，陈炯明部将叶举炮轰总统府，将孙中山逐出广东。从此以后，马君武对时局日益失望，多年不再过问政治。

九一八事变之后，民族危机急剧上升，马君武又开始关心政治，他多次通电詈骂张学良、汪精卫和蒋介石，对于汪、蒋两位党政军头目更是毫不客气。1932年1月28日，日本侵略军进攻上海，南京政府仓皇迁都洛阳，马君武通电痛斥道："国事败坏至此……乃精卫兄在武昌一年，介石兄在南京四年倒行逆施之总结果……介石兄对内狰狞如鬼，对外胆小如鼠。"1940年，汪精卫接受日本军人内阁的扶植，在沦陷区南京建立傀儡政权。马君武憎恶汪精卫认仇作父的丑表演，赋诗予以讽刺："潜身辞汉阙，矢志嫁东胡！"两位国民党元老，一位仍旧是铮铮铁骨的爱国者，另一位则堕落为摇尾乞怜的卖国贼，时间的魔法太离奇，真是活久见了。

三、非常态：敢唱反调的大学校长

马君武创办过中国公学，主掌过上海大夏大学、北京工业大学、吴淞中国公学、广西大学的校政，可以说，他不在官场的时候，就在大学校园，办学的时间反而比从政的时间更长。

1927 年，马君武应广西省政府主席黄绍竑之邀回桂，创办广西大学。"最后在梧州创立广西大学。一木一石，一瓦一椽，一几一席，悉心擘划，手胼足胝，虽在疾中，未尝少息。又尝兼任梧州硫酸厂厂长，改良出品，比德国产品更好。还曾办过农场。人皆笑先生，不但为工程师、工学博士、大学校长，直是一杂碎工头、劳动苦力。先生亦笑而颔之。"居正如是说。

广西大学校址选定在梧州桂江对岸的蝴蝶山。"取其交通便利，本省学生皆可顺流而下，外籍教授亦可溯江而直达。"上任头一天，马君武告诉全体师生："我向来不找事做，但若国家有事要我办，我也不辞，尤其是在此国难期间，人人应该尽力救国。我休息了三年，精神业已恢复，不妨再来主西（*主持广西大学*）。"

1928 年，马君武对外表态："但愿西大学生读七年（预科三年，本科四年）后，在我手里拿文凭。尽一己能力把西大弄成一个雏形，我就心满意足了。因为一间著名的大学，并非一朝一夕可以弄得好的。"当时，最大的难题是办学经费奇绌，由于战乱频仍，民生凋敝，1929 年，广西大学校务宣告暂时停顿。

　　1930 年，胡适不断在报刊上发表文章，批评时政，招致当局反感，被迫辞去吴淞中国公学校长职务，马君武被校董会推举为新校长，并主讲文化发展史。胡适向全体学生介绍马君武，出语诙谐："诸君如'新郎'，我如'新娘'，新郎伴新娘，则诸君不寂寞矣。今日我与诸君中道仳离，殊属一憾！但为诸君介绍一'新新娘'来，诸君惧寂寞者，亦可免于寂寞。'新新娘'为谁？则马君武博士也！"胡适的话音落下，顿时掌声间杂笑声，马君武随即登台，接过胡适的话头，继续发挥："适才胡博士之妙喻，隽永得未曾有！惟拟予以'新新娘'，殊弗敢承。予意胡之去中公，并非爻占脱辐，而致大归；要不过为新娘之归宁耳。若然，则予今之地位，只可拟为'伴娘'，仅能于此洞房寂寞时，聊陪

'新郎'谈笑，一旦'新娘'更来，自当奉身而退，俾新郎新娘之好梦重圆。"当年的社会贤达可以跟学生打这种比方，大学校长可以跟学生开这种玩笑，可见彼此心灵的绿色通道并没有被强行堵死。报纸上刊登这则趣事，也留存了一段佳话。

1931年，马君武返回桂林，重掌广西大学校政。有一次，教育部派来督学某公视察广西大学，此公不知天高地厚，将国民党元老马君武视为过气人物，缺乏应有的尊重。他训话时，强调学生要注意衣着、仪容、礼貌，不可不顾体面，听其弦外之音，颇有讥讽马校长不修边幅的意思。马君武见过大世面、大场面，岂肯在莘莘学子面前囫囵吞下这颗窝心枣？随后他登台致辞，针锋相对："有些留学生，专门在外国学打扮，装门面，学跳舞，讲交际，而不讲求实学和救国之道。拿一个学位回来，腹内仍然一空如洗……"这位督学曾经留洋，恰恰就是那种山间竹笋型嘴尖皮厚腹中空的货色，他当众挨骂，要多尴尬有多尴尬，要多难堪有多难堪，脸皮红一阵白一阵，恨不得找个地缝钻进去。

1935年，胡适南下，前往香港大学接受荣誉博士学位，应广州中山大学邀约，打算顺便作一个星期的学术讲演。其时，"南天王"陈济棠主粤，极力提倡学生读经，胡适撰文不表赞同，两人因此结下梁子。读经派不乐意看见胡适踩着"南天王"的地皮大唱对台戏，于是怂恿陈济棠出面阻挠。胡适受困于羊城，讲演搁浅，僵局难破。所幸广西军政大佬李宗仁、白崇禧、黄旭初皆具开放心态，立即派专机将胡适接至桂林，观景散心。胡适早年就读上海公学，马君武与他有师生之谊，得悉胡适在羊城被陈济棠和读经派欺负，心下为之抱不平，也不怕触犯"南天王"的忌讳，决定将胡适的讲演安排在广西大学进行，遂使广西各界人士领受了一次"自由民主之学术思想"的熏陶和洗礼，桂系的开明作风至此又上升几级台阶，马君武功不可没。

当年，中国教育界有个"北蔡南马"的说法，北方蔡元培，南方马君武，俨然双峰并峙。马君武主持广西大学，同样赞成学术自由，主张兼容并包，而对党义课、纪念周之类并不重视，对推行军训也较为消极，如此一来，学生很欢迎，像千家驹、张志让、张铁生等一班思想激进的教师也都在广西大学如鱼得水。1939 年，广西大学改为国立，此后教育部长陈立夫开始伸出长手干预校政，千家驹等人被迫辞职。学生误以为马君武与陈立夫沆瀣一气，打压进步人士，遂对他产生反感，险些酿成学潮。后来，大家弄清了真相，重庆方面给校方施加了很大的压力，马君武卧病在床，徒唤奈何。翌年8月初，他就因病辞世了。

四、陶醉态：十足的多情种子

"太上忘情，最下不及情，情之所钟，正在我辈！"这句名言出自《世说新语》，无疑是才子们的口头禅，因此，多情种子也就成为风流才子的代名词。

二十岁刚出头时，马君武追求过广东的著名女医师张竹君，却无疾而终。张竹君志不在小，她不仅创办医院，还"隐然执新学界之牛耳"，创办育贤女学，为全粤女学之先声。她将《岭海报》作为自己的宣传阵地，与胡汉民、谢英伯结盟，周旋于革命党和保皇党之间，游刃有余。她建造福音堂，举行周末演讲会，宣传基督教福音，批评时政，鼓吹维新学说，标榜女权，被誉为

"妇女界之梁启超",城中报界及新闻界进步人士皆为之倾倒。

张竹君张扬个性,男人踞坐四抬敞篷椅轿,她也踞坐,还在轿上看洋书,不怕别人骂她为"招摇过市的男人婆"。张竹君做过一件大事,1911年秋,武昌起义期间,黄兴要去武汉密晤黎元洪,商讨军事方略,途中为了避开各路奸细的耳目,掩护工作就交由张竹君负责,她将黄兴化装为医生的助手,与她领导的上海红十字救伤队同乘江轮,履险如夷,顺利抵达了目的地。

冯自由在《革命逸史》中记述了张竹君与马君武的交集:"竹君往还诸绅富中,有卢宾岐者,其子少岐,少有大志,与竹君相谈时事,过从甚密,因有定婚之议。少岐久拟东渡求学,厄于家庭不果,赖竹君慨然假以旅费二百元,乃得成行,少岐去后半载,竹君与卢府中人发生嫌隙,遂与少岐日渐疏远,婚约无形解散。同时,有马君武者,桂林人,康氏万木草堂弟子也,能文章,美词藻,从广西至粤攻读法文,闻竹君在教会演讲福音,语涉时政,异常崇拜。自是福音堂布教,恒有马之足迹,渐露爱恋之意。卢少岐遇之,辄视为情敌。一日，马忽在张之客室取去张之诗扇一柄，张四觅无着，旋得马之法文求婚书，情词恳切，张不能从，乃以素持独身主义一语拒之。未几，马亦赴日本求学，尝作《竹君传》，登诸横滨《新民丛报》，附以七绝诗一首，誉扬备至。有'女权波浪兼天涌，独立神州树一军'之句。此辛丑、壬寅间（1901年至1902年）事也。时胡汉民尚在广州，备知其详，尝语人谓：此一幕剧为'驴马争獐'。"胡汉民如此谑虐，对张竹君实有不敬。但冯自由的记述与事实略有出入，马君武附赠张竹君的七绝共计两首，第一首诗中有"莫怪初逢便倾倒，英雄巾帼古来难"的表白，已把自家心思和盘托出。那时候，他只是个无名小卒，比张竹君年龄小了五岁，心智尚未成熟，根本就不懂得如何驾驭激情，两人虽有缘相识，却并不匹配。

戊戌变法之前，康有为曾赴桂林讲解《长兴学记》，顺便收下不少广西弟子，马君武与这些康氏门徒多有交往。日后，马君武也在康有为面前执弟子礼，康师傅主张保皇，却无碍马徒弟倡言革命。戊戌变法的惨败提醒了维新党人，启蒙不可或缺。梁启超流亡日本，创办

《新民丛报》，马君武也曾为师兄帮衬，但他撰文不多，干劲明显不足。丛报屡次遭遇稿荒，梁启超的弟子罗孝高有意将马君武发展为重点作者，于是心生一计，诡称有一位广东女子，才貌出众，气质如兰，是其表妹，打算赴日留学。马君武闻之欢忭，请罗孝高绍介，先结文字之缘。罗孝高满口答应。于是小马哥诗兴大发，赋七律八首，托罗孝高邮寄。妙句有"憔悴花枝与柳丝，为谁翦断远山眉"，婉约清新。这组律诗刊载在《新民丛报》上，颇获好评。罗孝高许以可获表妹复函，但条件是小马哥必须为丛报多撰优稿，他才肯竭力成全。此后，马君武勤于笔耕，罗孝高也遵守承诺，约他到横滨，转交表妹的回信和玉照，果然是美人中的才女、才女中的美人。小马哥投桃报李，既回送自己的相片，还馈赠东瀛名点，托罗孝高寄给表妹，催促她速赴日本留学。罗孝高说："要是作文不多，表妹来了，我也不介绍。"小马哥奉命唯谨。其时，诗人刘成禺游览横滨，罗孝高用上好的糕点招待他，一边大快朵颐，一边大讲笑话："我不过借花献佛，这是君武的柳丝糕，这是君武的花枝饼。"刘成禺是有名的促狭鬼，回到东京后，他就故意寻开心，捉弄小马哥："罗孝高的表妹就在横滨，你可别被他蒙在鼓里。"当天晚上，小马哥风风火火赶到横滨，找到罗孝高，非要晤见表妹不可，逼迫良久，险些动了拳头。罗孝高只好拆穿西洋镜，如实交代："表妹是我编造的，柳丝花枝，今已憔悴！"小马哥捶胸顿足，厉声质问道："你诳我写稿、花钱也就算了，照片上的美人究竟是谁？"罗孝高说："此女是粤东名妓，殊不解先生'柳丝''花枝'之高韵。"马君武怒呼"恶煞恶煞"，当着罗孝高的面，撕碎稿子，摔门而去。

罗孝高固然诳骗了马君武，使他空欢喜一场，但罗孝高也造就了马君武，使他成为《新民丛报》当时两大随笔家之一（另一位是蒋观云），马君武的《欧学片影》《茶余随笔》都是张扬个性的精品佳作，可谓失之东隅，收之桑榆。

马君武一生最爱的女人是彭文蟾。民国初年，彭氏树艳帜于羊城，赋诗颇有捷才。大约在 1918 年，马君武慕名寻访，一见倾心。翌年，马君武译完一部西洋巨著，获得稿酬两千元，便和盘托出，为彭文蟾赎身脱籍，纳为簉室，两人从此鰜鰜蝶蝶，恩爱无比。1921

年 7 月，马君武任广西省长，携彭文蟾履新。可惜好景不长，仅过九个月，广西内乱，马君武率领卫队乘轮船撤离省垣，拟将省府迁往梧州。途经贵县时，遭遇李宗仁部属李可栋、俞作柏部袭击，彭文蟾护夫心切，被流弹击中，不幸遇难。马君武被拘禁于县署三日，获李宗仁开释，只身前往梧州，一个月后，即通电辞去省长职务。十年后，马君武重掌广西大学校政，因公干复经贵县彭文蟾遇难处，抚今思昔，潸然泪下，于是停车谒墓，即兴赋诗一首："蓦地枪声四面来，一朝玉骨委尘埃。十年始洒坟前泪，万事无如死别哀。海不能填唯有恨，人难再得始为佳。雄心渐与年俱老，买得青山伴汝埋。"凭吊之时，老马哥热泪频挥，一痛几绝，在他身边，众人深受感染，莫不黯然神伤。

五、窘困态："剃人头者人亦剃其头"

1931 年 9 月 18 日晚，日本关东军突袭中国东北军，事变发生时，东北军统帅张学良身在何处？传闻共有三种：其一，张少帅正偕同夫人于凤至和红颜知己赵一荻在北平观赏梅兰芳演唱的名剧《宇宙锋》；其二，他正患病，在北平的教会医院疗养；其三，事变当晚，张学良正与电影明星胡蝶在北平六国饭店翩翩起舞。总之，他不曾下令东北军抵抗，东北三省遂宣告沦陷，仿佛雪崩一般。很显然，在这些传闻中，马君武选择相信第三种。于是他大义凛然，急赋《哀沈阳》二首，对张学良极尽嘲讽、谴责之能事。第一首诗是："赵四风流朱五狂，翩翩蝴蝶正当行。温柔乡是英雄冢，那管东师入沈阳！"第二首诗是："告急军书夜半来，开场弦管又相催。沈阳已陷休回顾，更抱佳人舞几回。"

马君武的这两首诗确实写得好，见诸报端后，传诵南北。当年，张学良以"不抵抗主义"遭到举国唾骂，这两首《哀沈阳》可谓火上浇油。《哀沈阳》涉及三个女人："赵四"指赵一荻，是张学良的红颜知己；"朱五"指朱湄筠（北洋政府内务总长朱启钤的第五个女儿），是张学良的秘书长朱光沐的妻子；"蝴蝶"指电影明星胡蝶，更是家喻户晓。其中，胡蝶最冤枉，她与张少帅从没见过面，九一八事变时，人也不在北平，如何与张学良翩翩共舞？事后，尽管明星电影公司竭尽所能为旗下的头牌影星辟谣辩白，但无济于事，《哀沈阳》一纸风行，她已沦为千夫所指的"背锅侠"。于是有人撰文批评马君武：他激于义愤，写诗声讨张学良，这是合情合理的，但他拉扯三位无辜女性，用她们"陪斩"，就有伤忠厚了。

在 1937 年八一三事变之前，马君武由南洋回国，寄寓上海，落入十里洋场的花花世界，过了一段荒唐的生活。他出入舞池，流连忘返，竟把过去"翩翩蝴蝶正当行"之类指责别人的话，完全抛之脑后。老马哥出入灯红酒绿的场所，依旧不修边幅，这点不协调也算是给小报记者提供了笑料。及至上海战事发生，老马哥对欢场不复留恋，遂抽身走人，绝尘而去。

1938 年 7 月，国民参政会成立于武汉，马君武被推举为首届参政员。他重返已阔别多年的桂林，对上海那段绮丽的生活，虽未忘怀，但桂林没有摩登舞会，业余生活显得冷冷清清，死气沉沉。于是他将兴趣转向桂剧，出任广西戏剧改进会会长，致力于改良剧目和剧院。当时，南华剧院有一位花旦，名叫小金凤，若单论色艺，不及同剧场的坤伶小飞燕和如意珠，但小金凤为人乖觉，柔情万种，马君武独独垂怜于她，收为契女（干女儿）。从此马君武的生活为之一变，观剧打牌，非契女露面不欢，游山玩水，亦非契女陪同不往。有一段时间，老马哥每晚风雨无阻，必至南华剧院特留的包厢，为契女捧场。马君武是国民党元老，又是学界领袖，他的风流韵事自然引人侧目。有位资深的新闻记者拍拍后脑勺，灵机一动，便模仿马君武的旧作《哀沈阳》，以诗纪事："词赋功名恨影过，英雄垂暮意如何？风流契女多情甚，频向厢房送秋波。"这首打油诗发表在桂林的小报上。诗风虽远不及《哀沈阳》泼辣，却比《哀沈阳》的写实成分更为充足。马君武历来崇尚言论自由，看过这首打油诗后，一笑置之，不以为忤。还有人添油加醋，认为那几个名头响亮的桂剧花旦都是马君武的干女儿，她们常去桂林环湖路上的马公馆欢聚，衣香鬓影，羡煞神仙。善捧角者必兴剧，有马君武这种级别的大腕力捧桂剧花旦，遂使剧院客满，众坤伶身价激增，桂剧自此进入了一个黄金时代。

桂系三巨头李宗仁、白崇禧、黄旭初主政广西之后，比较开明的作风渐次展开。几年间，政治大体走上轨道，经济建设亦有可观，遂能顾及社会大众福利与敬老尊贤之事。马君武是国民党元老和学界先进，其声望早为乡邦人士所敬仰推崇。省政当局，为尽尚贤崇德之意，特选风景优美的桂林榕湖之滨，构筑雅舍以安元老。并且特赠"以彰有德"的匾额一方，装置门楣。马君武安居而乐，兴之所至，亲撰楹联"种树如培佳子弟，卜居恰对好湖山"，见者无不称赞。但凡事总有意外，某天夜里，一位黑衣人故意恶作剧，刮去"以彰有德"匾中"有"字腹内的两小横，"有"变成了"冇"，"以彰有德"变成了"以彰冇德"。两粤人士，读"冇"为"冒"音，与"有"恰成反义。这位好事者意犹未尽，还在楹联左右各添四字，讽刺意味彰显无遗："春满梨园，种树如培佳子弟；云生巫峡，卜居恰对好湖山。""春满梨园"指马君武亲昵南华剧院坤伶之事，"云生巫峡"指其榕湖新居恰与桂林的红灯区遥相呼应，谑虐至此，缺德带冒烟。马君武看了，苦笑不已。人到暮年，世味转淡，马君武肝火衰弱，早已把老拳收进长袍马褂的袖口，怒气不再发作，唯有在心底感叹一声："剃人头者人亦剃其头！"这样子看来，倒是很公平。

记忆中的冯亦代

北　岛

在我印象中，冯伯伯是个不善表达感情的人。没想到他在这篇短文中竟如此感伤，通过一幅画写尽人世的沧桑。一个记者前几年采访冯伯伯。据他记载，他最后问道："你能简单地用几句话总结你的一生吗？"冯亦代沉沉地说："用不了几句话，用一个字就够了——难。"末了，老人突然怆然泪下，不停地抽泣。

1976 年 10 月上旬某个晚上，约莫 10 点多钟，我出家门，下楼，行百余步，到一号楼上二层左拐，敲响"121"室。冯伯伯先探出头来，再退身开门，原来正光着膀子。他挥挥手中的毛巾，说："来。"于是我尾随他到厨房。他背对我，用毛巾在脸盆汲水，擦拭上身。那时北京绝大多数人家都没有条件洗澡。冯伯伯那年六十三岁，已发福，背部赘肉下垂，但还算壮实。他对拉着毛巾搓背，留下红印。正当他洗得酣畅，我突然说："'四人帮'被抓起来了。"只见他身体僵住，背部一阵抽动。他慢慢转过身来，紧紧盯着我，问："真的?"我点点头。"什么时候?""就前两天。"他相信了我的话，把毛巾扔进脸盆，和我一起来到客厅。我们话不多，语言似乎变得并不重要。他若有所思，嘴张开，但并非笑容。

当我听到冯伯伯去世的消息，最初的反应是麻木的，像一个被冻僵了的人在记忆的火边慢慢缓过来；我首先想起的，就是三十年前这一幕，清晰可辨，似乎只要我再敲那扇门，一切就可以重新开始。

我和冯伯伯住在同一个民主党派的宿舍大院——三不老胡同一号，那曾是郑和的宅邸。后来不知怎的，在囫囵吞枣的北京话中，"三宝老爹"演变成了"三不老"。我们院的变迁，就如同中国现代史的一个旋转舞台，让人眼晕：刚搬进去时还有假山，后来拆走推平了，建小高炉炼钢铁，盖食堂吃大锅饭；到了"文革"，挖地三尺，成了防空洞；改革开放又填实，立起新楼。

我和冯伯伯应该是 1973 年以后认识的，即他随下放大军回到北京不久。我那时跟着收音机学英语，通过我父亲介绍，结识了这位翻译界的老前辈。那时都没有电话。一个匮乏时代的好处是，人与人交往很简单——敲门应声，无繁文缛节。再说民主党派全"歇菜"了，翻译刊物也关张了，冯伯伯成了大闲人，百无一用；他为人又随和，喜欢跟年轻人交往。于是我利用时代优势，闯进冯伯伯的生活。

要说这"听风楼",不高,仅丈余;不大,一室一厅而已。我从未入室,熟悉的只是那厅,会客、读书、写字、用餐、养花等多功能兼备。一进门,我就近坐在门旁小沙发上。一个小书架横在那里,为了把空间隔开,也给窥视者带来视觉障碍。冯伯伯往往坐对面的小沙发,即主人的位置。此房坐南朝北把着楼角,想必冬天西北风肆虐,鬼哭狼嚎一般,故得名"听风楼"。若引申,恐怕还有另一层含义:听人世间那凶险莫测的狂风。

冯伯伯学的是工商管理,即现在最时髦的 MBA。他在上海沪江大学上二年级时结识郑安娜。当时英文剧社正上演莎士比亚的《仲夏夜之梦》,他一眼就看中了台上的郑安娜。他们于 1938 年成婚。他说:"和一个英文天才结婚,不搞翻译才怪。"

待我见到郑妈妈时,她已是个和蔼可亲的小老太太了。每次几乎都是她来开门,向客厅里的冯伯伯通报。让我至今记忆犹新的是,她总是系围裙戴袖套,忙忙碌碌,好像有干不完的家务事。她从老花镜上边看人,用老花镜外加放大镜看书看世界。她在"干校"患急性青光眼，未能得到及时治疗，结果一只眼瞎了，另一只眼也剩下微弱视力。我一直管她叫"冯妈妈"。她轻声细语，为人爽快；偶尔也抱怨，但止于一声叹息。她是由宋庆龄推荐给周恩来的，在全国总工会当翻译。她就像本活字典一样，冯伯伯在翻译中遇到疑难总是问她。

记得我当时试着翻译毛姆的《人性枷锁》的第一章。有个英文词 egg-top，指的是英国人吃煮鸡蛋时敲开外壳挖下顶端的那部分。我译成"鸡蛋头"，又觉得莫名其妙，于是找冯伯伯商量，他也觉得莫名其妙。他说，饮食文化中很多地方是不可译的。我们讨论一番，还是保留了莫名其妙的"鸡蛋头"。

说实话，我用这么简单的问题去纠缠一个老翻译家，纯粹是找借口。他们家最吸引我的是"文革"中幸存下来的书，特别是外国文学作品。那些书名我都忘了，只记得有一本冯伯伯译的海明威的《第五纵队》，再现了海明威那电报式的文体，无疑是中国现代翻译的经典之作。他自己也对《第五纵队》的翻译最满意。在一次访谈中，他说："你想一次翻译成功不行，总是改了又改，出了书，再版时还要改，我译的海明威的戏剧

《第五纵队》，我推倒重来了五六次，现在还得修改，但现在我已没力气改了。因此，我曾苦恼、气馁，想改行，可翻译是我的爱好……"

冯伯伯是个温和的人，总是笑眯眯地叼着烟斗，脸上老年斑似乎在强调着与岁月的妥协。我那时年轻气盛，口无遮拦，而他正从"反右"和"文革"的惊吓中韬光养晦，却宽厚地接纳了我的异端邪说，听着，但很少介入我的话题。

正是从我把"四人帮"倒台的消息带到听风楼，我们的关系发生了改变，我不再是个用"鸡蛋头"纠缠他的文学青年了，我们成了"同谋"——由于分享了一个秘密，而这秘密将分别改变我们的生活。那一夜，我估摸冯伯伯彻夜难眠，为了不惊动冯妈妈，他独自在黑暗中坐了很久。风云变幻，大半辈子坎坷都历历在目。他本来盘算着"夹起尾巴做人"，混在社会闲杂人员中了此残生。

偶尔读到冯伯伯的一篇短文《向日葵》，让我感动，无疑对解读他的内心世界是重要的。这篇短文是由于梵高那幅《向日葵》拍卖中被私人据为己有引发的感叹，由此联想到很多年前在上海买下的一张复制品。

　　他写道："十年动乱中，我被谪放到南荒的劳改农场，每天做着我力所不及的劳役，心情惨淡得自己也害怕。有天我推着粪车，走过一家农民的茅屋，从篱笆里探出头来的是几朵嫩黄的向日葵，衬托在一抹碧蓝的天色里。我突然想起了上海寓所那面墨绿色墙上挂着的梵高《向日葵》。我忆起那时家庭的欢欣，三岁的女儿在学着大人腔说话，接着她也发觉自己学得不像，便嘻嘻笑了起来，爬上桌子指着我在念的书，说等我大了，我也要念这个。而现在眼前只有几朵向日葵招呼着我，我的心不住沉落又飘浮，没个去处。以后每天拾粪，即使要多走不少路，也宁愿到这处来兜个圈。我只是想看一眼那几朵慢慢变成灰黄色的向日葵，重温一些旧时的欢乐，一直到有一天农民把熟透了的果实收藏了进去。我记得那一天我走过这家农院时，篱笆里孩子们正在争夺丰收的果实，一片笑声里夹着尖叫；我也想到了我远在北国的女儿，她现在如果就夹杂在这群孩子的喧哗中，该多幸福！但如果她看见自己的父亲，衣衫褴褛，推着沉重的粪车，她又作何感想？我噙着眼里的泪水往回走。我又想起了梵高那幅《向日葵》，他在画这画时，心头也许远比我尝到人世更大的孤凄，要不他为什么画出行将衰败的花朵呢？但他也梦想欢欣，要不他又为什么要用这耀眼的黄色作底呢？"

在我印象中，冯伯伯是个不善表达感情的人。没想到他在这篇短文中竟如此感伤，通过一幅画写尽人世的沧桑。一个记者前几年采访冯伯伯。据他记载，他最后问道："你能简单地用几句话总结你的一生吗？"冯亦代沉沉地说："用不了几句话，用一个字就够了——难。"末了，老人突然怆然泪下，不停地抽泣。

我们不妨细读这篇短文中的一段："解放了，我到北京工作，这幅画却没有带来；总觉得这幅画面与当时四周的气氛不相合拍似的。因为解放了，周围已没有落寞之感，一切都沉浸在节日的欢乐之中。但是曾几何时，我又怀恋起这幅画来了。似乎人就像是这束向日葵，即使在落日的余晖里，都拼命要抓住这逐渐远去的夕阳。"这种内心的转折，反映了知识分子与时代的复杂关系。

冯亦代于1941年离开香港前往重庆，临行前曾受乔冠华嘱托。到重庆后，他对左翼戏剧影业帮助很大，并资助那些进步的文化人士。到了迟暮之年，记者在采访中问及那些往事。"有些事到死也不能讲"，他沉默了半天，又说："我做的事都是党让我做的，一些党内的事是不可以公开的。做得不对是我能力有限，是我的责任，但是一开始都是党交给的工作。我只能讲到此为止。"黄宗英逗着问他："总能透点风吧。"他断然地说："连老婆也不能讲。"也许在今天的人们看来，这种事是可笑的，半个多世纪过去了，连国家档案局的资料都解密了，还能真有什么秘密可言？我想冯伯伯说的不是别的，而是他在青年时代对革命的承诺：士为知己者死。

据冯伯伯的女儿冯陶回忆："1949年解放以后，周恩来让胡乔木到南方去搜罗知识分子支持中央政府，爸爸和我们全家就到了北京。爸爸妈妈到了北京之后忙得不得了，根本见不着他们……那段时间应该是他们意气风发的时候，因为自己的理想实现了，他们希望建立这样的国家。后来爸爸调到了外文出版社，没过多久，就开始了反右运动，爸爸也是外文社第一个被打成右派的。"

据说在北京市民盟的整风会上，大家都急着把帽子抛出去，免得自己倒霉。而这顶右派帽子怎么就偏偏落到他头上了？依我看，这无疑和冯伯伯的性格有关。首先人家让他提意见，他义不容辞；等轮到分配帽子时，他又不便推托，只好留给自己受用。这和他所说的"有些事到死也不能讲"在逻辑上是一致的。

冯伯伯跟我父亲早在重庆就认识了，他们同在中央信托局，我父亲只是个小职员，而冯伯伯是中央信托局造币厂副厂长。那时的文艺界都管他叫"冯二哥"，但谁也闹不清这称号的出处。据说，他仗义疏财，"摆开八仙桌招待十六方"，凡是在餐馆请客都是他"埋单"。要说这也在情理之中，和众多穷文人在一起，谁让他是印钞票的呢？

据说到了晚年，冯伯伯卧床不起，黄宗英向他通报刚收到的一笔稿费，冯伯伯问了问数目，然后用大拇指一比画，说："请客。"

"文革"中冯伯伯除了"美蒋特务""死不改悔的右派"等罪名外，还有一条是"二流堂黑干将"。关于

"二流堂"，冯伯伯后来回忆道："香港沦陷后，从香港撤退的大批进步文化人汇聚重庆。首先见到夏衍，他住黄角垭口朋友家里。不久夏衍夫人亦来。唐瑜便在山坡处另建一所三开间房子，人称'二流堂'。重庆的文化人经常来这里喝茶、会友、商谈工作。"

郭沫若戏称的"二流堂"，不过是个文人相聚的沙龙而已。同是天涯沦落人，觥筹交错，一时多少豪情！但只要想想暗中那些"到死也不能讲"的事，为杯中酒留下多少阴影。既然堂中无大哥，这仗义疏财的"冯二哥"自然成了头头，再加上"到死也不能讲"的事，赶上"文革"，可如何是好？他必然要经历革命逻辑及其所有悖论的考验。他回忆道："'文革'时我最初也想不通。一周之间，牙齿全部动摇，就医结果，十天之内，拔尽了上下牙齿，成为'无齿'之徒。"

一个人首先要看他是怎么起步的，这几乎决定了他的一生。冯伯伯当年也是个文学青年，居然也写过新诗。说起文学生涯的开端，他总是提到戴望舒。1938年2月，他在香港《星岛日报》编辑部认识戴望舒。戴望舒对他说："你的稿子我都看过了。你的散文还可以，译文也可以，你该把海明威的那篇小说译完，不过你写的诗大部分是模仿的，没有新意，不是从古典作品里来的，便是从外国来的，也有从我这儿来的。我说句直率的话，你成不了诗人。但是你的散文倒有些诗意。"

二十世纪七十年代末，听风楼终于装上了电话，那是个现代化的信号，忙的信号，开放与拒绝的信号。冯伯伯从此成了大忙人，社会活动越来越多。我再按往日的习惯去敲门，往往扑空，只能跟冯妈妈拉拉家常。

《世界文学》要复刊了，这就等于给一棵眼见着快蔫了的植物找到了花盆。冯伯伯喜形于色，郑重宣布《世界文学》请他翻译一篇毛姆的中篇小说，发在复刊号上。但毕竟手艺生疏了，得意之余又有点儿含糊。他最后想出个高招，请一帮文学青年前来助阵，也包括我。他向我们朗读刚译好的初稿，请大家逐字逐句发表意见，为了让译文更顺畅更口语化。一连好几个周末，我们聚在冯伯伯的狭小的客厅里，欢声笑语，好像过节一样。我们常为某个词争得脸红脖子粗，冯妈妈握着放大镜对准大词典，帮他锁定确切的含义。最后当然由冯伯伯拍板，只见他抽烟斗望着天花板，沉吟良久，最后说："让我再想想。"

像冯伯伯这样的大翻译家，居然在自己的领地如履薄冰。他常被一个词卡住而苦恼数日，最终顿悟有如天助一般，让他欣喜若狂。再看看如今那些批量生产的商业化文学翻译产品，就气不打一处来。

而冯伯伯在百忙中并没忘掉我，他把我介绍给筹建大百科全书出版社的阎明复。我参加了翻译资格考试，居然考中了，但最终还是没调成。随后他又把我介绍到刚复刊的《新观察》杂志社，试用了一阵，我成了文艺组的编辑。

1978 年 12 月下旬某个下午，我匆匆赶到听风楼，冯伯伯刚好在家。我拿出即将问世的《今天》创刊号封面，问他"今天"这个词的英译。他两眼放光，猛嘬烟斗，一时看不清他的脸。他不同意我把"今天"译成Today，认为太一般。他找来英汉大词典，再和冯妈妈商量，建议我译成 The Moment，意思是此刻、当今。我没想到冯伯伯比我们更有紧迫感，更注重历史的转折时刻。于是在《今天》创刊号封面上出现的是冯伯伯对时间的阐释：The Moment。

　　我想起瑞典诗人特朗斯特罗默的诗句:"我受雇于一个伟大的记忆。"记忆有如迷宫,打开一道门就会出现另一道门。说实话,关于为《今天》命名的这一重要细节早让我忘掉了。有一天我在网上闲逛,偶然看到冯伯伯握烟斗的照片,触目惊心,让我联想到人生中的此刻。我们每个人都生活在此刻,而这个此刻的门槛在不断移动。说到底,个人的此刻也许微不足道,但在某一点上,若与历史契机接通,就像短路一样闪出火花。我昨天去超市买菜,把车停好,脚落在地上,然后一步一步走动,突然想到二十七年前的这一幕: The moment。是啊,我多想看清冯伯伯那沉在烟雾中的表情。

　　恰好就在此刻,冯伯伯和他的朋友们正筹划另一份杂志《读书》。这份杂志对今后几十年中国文化所产生的深远影响,应该怎么说都不过分。尽管《读书》和《今天》走过的道路不同,但它们却来自同一历史转折点。

　　回想八十年代,真可谓轰轰烈烈,就像灯火辉煌的列车在夜里一闪而过,给乘客留下的是若有所失的晕眩感。八十年代初,我成家了,搬离三不老大院。此后和冯伯伯的见面机会越来越少，却总是把他卷进各种旋涡中。大概正是那个夜晚的同谋关系，他没说过不，事后也从不抱怨。1979年10月的《新观察》，发表了冯伯伯为"星星画展事件"写的文章，慷慨陈词。在八十年代末早春一天的风雨中，我曾赶到冯伯伯家办事。记得他表情严肃，对我的请求说："做得好。"我抬起头，与他对视。他点点头，笑了。

去国多年，常从我父亲那儿得到冯伯伯的消息。1993年得知冯妈妈过世，我很难过，同时也为冯伯伯的孤单而担忧，后来听说他和黄宗英结为伴侣，转忧为喜。1996年春天，我和父亲通电话时，他叮嘱我一定给冯伯伯打个电话，说他中风后刚恢复，想跟我说说话。拨通号码，听见冯伯伯的声音，吓了一跳。他声音苍老颤抖，断断续续。他问到我在海外的情况。"挺好。"我讷讷地说。后来又给冯伯伯打过两三次电话，都说不了什么，只是问候。天各一方，境遇不同；再说时差拆解了此刻，我们又能说些什么呢？

2001年冬天，我因父亲病重回到北京。离开故乡十三年，说实话，连家门都找不到了。我马上请朋友保嘉帮我打听冯伯伯。她和黄宗英联系上了，说冯伯伯住在医院。那是个寒冷的早上，街头堆着积雪。由保嘉开车，先去小西天接上黄宗英阿姨。很多年前我就认识黄阿姨，当时我在北京处境不好，曾有心调到海口去，她正在那儿办公司。记得我们在她下榻的旅馆门外一直谈到深夜，她最后感叹道："我无权无势，帮不了你这个忙。"二十多年过去了，黄阿姨身体远不及当年，腿脚不便。在我们护驾下，总算上了车，开到中日友好医院。

　　所有病房首先让我想到的是冰窖，连护士的动作都变得迟缓，好像也准备一起进入冬眠。一见冯伯伯平躺着的姿势，心就往下一沉，那是任人摆布的姿势。听说他已中风七次，这是第八次。是什么力量使他出生入死而无所畏惧？黄阿姨抚摸着冯伯伯的额头，亲昵地呼唤："二哥，我来了。"冯伯伯慢吞吞睁开眼，目光痴呆，渐渐有了一点儿生气，好像从寒冬中苏醒。就在这时候他看见了我，先是一愣。我俯向床头，叫了声"冯伯伯"。他突然像孩子一样大哭起来，这下把我吓坏了，生怕再引起中风，慌忙退出他的视野。周围的人纷纷劝慰他，而他号哭不止，撕心裂肺。他从床单下露出来的赤脚，那么孤立无援。

我们在病房总共待了十分钟，就离开了。我知道这就是永别——今生今世。在门口，我最后回望了他一眼，默默为他祈祷。

冯伯伯曾对黄阿姨说过："我想修改我的遗嘱，加上：我将笑着迎接黑的美。"如此诗意的遗嘱，其实恰好说明他是一个绝望的浪漫主义者。而他对于黑的认识一直可以追溯到童年。他母亲在生下他一个多月后就患产褥热死去。他后来如是说："有母亲的人是有福的，但有时他们并不稀罕，视为应得；可是作为一个从小死去母亲的人来说，母爱对他是多么宝贵的东西。他盼望有母爱，他却得不到；他的幼小心灵，从小便命定是苦楚的。"

说实话，得知冯伯伯的死讯并未特别悲伤。他生活过，爱过，信仰过，失落过，写过，译过，干过几件大事。如此人生，足矣。我想起他那孤立无援的赤脚。它们是为了在大地上行走的，是通过行走来书写的，是通过书写来诉说的，是通过诉说来聆听的。是的，听大地风声。

　　如果生死大限是可以跨越的话，我此刻又回到1976年10月的那个晚上。我怀着秘密，一个让我惊喜得快要爆炸的秘密，从家里出来，在黑暗中（**楼里的灯泡都坏了**）下楼梯，沿着红砖路和黑黝黝的楼影向前。那夜无风，月光明晃晃的。我走到尽头，拾阶而上，在黑暗中敲响听风楼的门。

在冬天怀念梅志

李　辉

　　与毅然前往西伯利亚，在冰天雪地里陪伴丈夫的俄罗斯十二月党人的妻子们一样，梅志陪同丈夫胡风奋斗、漂泊、受难，逆境中表现出惊人的坚毅与沉静——这就是她的生命的美丽。

今天，立冬节气，寒意来了。

在初冬，我怀念梅志。

怀念梅志，很自然想到了毛泽东著名的《咏梅》词："风雨送春归，飞雪迎春到。已是悬崖百丈冰，犹有花枝俏……"太熟悉这些诗句了。我儿时的成长伴随着不断地朗读它，背诵它。如今想起它，不只是因为恰是词的作者1955年大笔一挥，在周扬呈送的即将发表的胡风书信大样上，加上了"胡风反党集团"几个字，随即一场暴风雪突然降临在胡风、梅志夫妇及其朋友们身上；更是因为，词中傲雪挺立的梅花意象，总让我联想到梅志生命的美丽。

历史竟有如此巧合！悲哉？幸哉？

在编辑丁聪先生《文人肖像》一书时，我为丁聪画的梅志肖像画写下这样一句话："她让我想到俄罗斯十二月党人的妻子：美丽、坚韧、勇敢。"与毅然前往西伯利亚，在冰天雪地里陪伴丈夫的俄罗斯十二月党人的妻子们一样，梅志陪同丈夫胡风奋斗、漂泊、受难，逆境中表现出惊人的坚毅与沉静——这就是她的生命的美丽。

第一次见到梅志，是在1981年，我还在复旦大学念书。一段时间，贾植芳先生就一直在念叨："胡风到上海来治病了，他在监狱里患了精神分裂症。"他的关切和期盼，让我感动。一天，他高兴地告诉我：过几天梅志会来他家里吃饭。他要我到时也来。

走进客厅，见到了梅志和女儿晓风。我吃惊地看到，年近古稀的梅志在历尽牢狱磨难之后竟无一点衰老迹象。个子不高，身材苗条，没有多少皱纹，也没有什么长吁短叹。她的语调柔和，但说话简洁明了，透出精干、果断与沉静。最美的是眼睛，有脱俗的清澈。这些，与整洁合身的浅色便装和谐地构成一个整体，有意无意之间用女性的美丽为她经历的纷乱动荡的时代提供了强烈的反差。我注目她，听她和先生、师母闲谈。当时没有相机，未能为他们难得的重逢留下影像记录，想想真是遗憾。

几个月后，1982 年 2 月，我毕业来到了北京。稍事安顿，我便去看望胡风、梅志，还带去了贾先生写给他们的信，信中贾先生请他们对我这位新来乍到者多多关照。当时他们还住在北京有名的"前三门"——前门、和平门、宣武门大街上的临街楼房里。房间不大，大约是个两居室。经过在上海一段时间的治疗，胡风病情已有所好转，可以进行简单对话。他的神态虽显得木然，但偶尔闪出的目光却有力而倔强。家里主事的当然是梅志。

很快，得到政治上平反的他们，新分到一套住房，开始张罗搬家。新家在木樨地，是当年北京刚刚盖好的两幢高干和高级知识分子楼。一些复出的老作家和部级官员，如胡风、丁玲、姚雪垠、李锐等都入住其中。这年夏天，胡风一家搬进了新居。搬家那天，我去帮忙。梅志安排，先把胡风送到新居的客厅，然后，大家再搬家。

记忆中，除了几书架书之外，没有太多家具，一辆卡车还没有装满。搬进木樨地，他俩再也没有离开。可惜胡风在这里只生活了三年就在 1985 年逝世。梅志晚年的最后二十二年则一直在这里度过。在这里，她撰写《胡风沉冤录》和《胡风传》；在这里，她写下一篇篇感人的散文；在这里，她看着小孙子从出生到长大成人；在这里，她度过了一生中最安稳、最有家庭气氛的日子——只可惜胡风早早离她而去。

拥有稳定而平静的家，是梅志期盼一生的梦想！

1984 年，我在《北京晚报》编副刊时，请梅志为"居京琐记"专栏撰文，她写来的第一篇散文《四树斋》，就是描写他们五十年代在北京的家。三十年代和胡风结婚后，他们一直都在漂泊。先是抗战期间的逃亡，再是内战期间躲避国民党的搜捕……1953 年，胡风用稿费在北京买下一个小四合院，位于景山后面，与北海公园相邻。

为妻子和孩子安排一个舒适安稳的家，是已经受到批判的胡风此时最大的愿望。他自己张罗着将房子修葺一新。他扩大了厨房，给厕所安好抽水马桶。小院虽只有四间房，但被安排得井井有条。他又买来四棵树种上，分别是：梨树、紫丁香、蟠桃、白杏。这年夏天，一家人来到了北京，住进了他们在北京的第一个家！

然而，他们此时已经陷入困境之中了。搬进新家后，胡风高兴地将书房命名为"四树斋"，但第一次标明"写于四树斋"，就听到文艺界一位领导惊呼："什么？四树斋？你还要四面树敌吗？"1955 年 5 月，风暴突如其来，梅志在胡风被捕几个小时后，也被从家里带走。他们再也看不到这个只住了一年多的新家了。

几年后，这一带被拆除，盖起了一个部队机关的大院。房子被拆时，她和胡风都正在狱中度日如年。他们又没有了家！他们被关押十年，1965 年底刚被释放又赶上"文革"爆发，胡风被遣送至四川，梅志陪伴前行。接着胡风又被判刑，梅志仍然陪同，一起在劳改农场劳动十几年，直到 1979 年释放出狱，获得平反。从结婚那年开始，漫长的四十几年，一个妻子、一个母亲、一个家庭主妇的人生就是这样走过……

幸好，在晚年梅志有了一个安稳的家，终于享受到了儿孙满堂的天伦之乐，在他们的细心照顾下走到生命终点。诗人牛汉也为丁聪画的梅志肖像写过一段话。其中写道："胡风和梅志坐在一起，我在心里构思过两行诗：梅志是胡风的花朵 / 胡风结出了梅志的果实。"真是精妙的诗句。

如今，他们在另一个世界重逢。花与果实早已化为一体。

2002年10月，胡风诞辰一百年的纪念活动由复旦大学中文系等部门联合在上海举行，年近九旬的梅志应邀参加。这是她最后一次回到上海——她和胡风相识、相爱的地方，她与胡风共患难的起点。难得的故地重游。

此时梅志身体还不错。步履自如，言谈流畅，记忆也特别清晰。她见到了贾先生，见到了来自全国各地的老朋友……

她又一次走进位于大陆新村的鲁迅故居，当年她和胡风曾是这里的常客。如今她在熟悉的房子里伫立良久。她缓缓走上楼梯，轻轻地抚摩鲁迅的书桌和藤椅。她难忘鲁迅对胡风和她的关爱。她指着大儿子晓谷对我说："当时刚怀上他时，反应很强烈，我很害怕，不想要。鲁迅就批评我，还关心地为我找药，送给我。不然，就没有他了！"说完，她笑了。

她在上海寻找着记忆的温馨。这是真正回家的感觉。

我们找到了 1953 年她和胡风搬到北京前在上海住过的最后一个家——永康路文安坊 6 号。

走进弄堂，老房子依旧，几位老邻居竟然认出了梅志。他们惊讶八十八岁的梅志，还是显得如此精神，记忆还是这样好。谈到往事，谈到变迁，感慨无限。

走出弄堂，前行几百米，就到了三角花园里的普希金纪念碑。当年梅志和胡风常常散步走到这里，仰望普希金铜像，感怀诗人情怀。又一次来到铜像跟前，梅志看着，说铜像是重塑的，但基座未变。说完，她拄着拐杖，一个人慢慢地围着铜像走，然后，在石阶上坐下。

我注目她，如同第一次见到她的时候。她老了，但她以生命书写的美丽，连同她的回忆录，永远带给人对历史的无限感慨。

她在回想什么，我没有问。

她还记得普希金赞美十二月党人的妻子的那些诗句吗？"在西伯利亚矿山的深处／保持住你们高傲的耐心……"早年她曾把它们吟诵，此刻，伫立于此，她还会在心底把它们吟诵吗？

从上海回到北京，两年之后，2004 年 10 月，梅志去世，永远离开我们，也留下苦难凝聚的一段美丽传奇。

"待到山花烂漫时，她在丛中笑……"

真实的陶希圣

范　泓

陶希圣一生著述甚多，尤在史学方面的造诣及贡献奠定了他在二十世纪中国史学史上的重要地位，只是大半生以来与中国现实政治如影随形，他不得不承认：书生论政，犹是书生，与老友陈布雷在自杀前所自嘲的"参政不知政"，有同病相怜之浩叹。

1899 年，陶希圣出生在湖北省黄冈县孔家埠陶胜六湾。陶氏家族自江西迁移至黄冈县西乡倒水河之旁，至其父时已为十八代。陶希圣母亲揭氏家族本为黄冈县周山铺大族，清末时亦即衰落。陶希圣十三岁时，历经时局之变，其身家亦在摇荡之中，有三件事可述：一，陶氏家族累世务农，至陶父丁酉拔贡，癸卯经济特科一等，以实缺知县分发河南，历署夏邑、新野、安阳、叶县与洛阳县事；二，黄冈为鄂东大县，以文风之盛著名，其父入两湖书院，治史地，致力于经世之学；三，陶希圣三岁随父至河南，自四岁至八岁从父就读于夏邑、新野任所。清廷改法制，行新政，废科举，陶希圣九岁随其兄入河南最早开办的旅汴中学就读，历史一课尤优，"每值考课，常交头卷，取高分"。

1915 年，十六岁的陶希圣投考北大预科。考试那天，从草厂二条步行至前门，转东城，才到了北河沿译学馆，那里是北大预科的校舍。考试在一间小教室进行，即国文与英文。初春的北京，严寒依旧，陶希圣与其他考生所带墨盒与毛笔皆被冻住，不得不放在煤炉旁烘烤。在北大预科期间，陶希圣师从沈尹默、沈兼士等先生，研习《文心雕龙》《吕氏春秋》《淮南子》《日知录》《国故论衡》《十驾斋养新录》等，尤以自修宋儒学案与明儒学案最为得心应手。

1917 年，陶父升任河南省汝阳道道尹（1914 年 5 月北洋政府颁布《道官制》，分一省为数道，改各省观察使为道尹，管理所辖各县的行政事务），家境颇裕，陶希圣在北大预科"只是勤学而非苦学"，考试成绩每每名列前茅。1919 年，五四运动爆发，陶希圣已是北大法科（后政称法学院）学生。他记得：5 月 3 日这一天，法科大礼堂挤满了学生，政治系学生谢绍敏登台演讲，"在慷慨激昂之中，咬破手指，撕下衣襟，写了'还我青岛'的血书"，其场面无不催人沸血盈腔。5 月 4 日，天安门大会后，章宗祥挨打，赵家楼被烧，一时间秩序大乱。赵家楼胡同没有支巷。陶希圣随大队伍后退，

"眼看着保安队向胡同里走进来，只得靠到一个住宅的门口，作出旁观者的姿势，才避过保安队，然后从容走出赵家楼和石大人胡同"（陶自语）。

是晚，北大学生在法科大礼堂集会，校长蔡元培登台讲话，声音低微沉重："现在已经不是学生的事，已经不是一个学校的事，是国家的事。同学被捕，我负责去保释。"次日，北大法科学生照常到译学馆上课。第一堂课是刑法，学生们最为关心这场运动的法律问题及被捕同学的责任问题，刑法教授张孝簃先生被团团围住。张兼任总检察厅首席检察官，出言斩钉截铁："我是现任法官，对于现实的案件，不应表示法律见解。我只说八个字：法无可恕，情有可原。"第二堂是宪法课，宪法教授钟庚言先生神情凄然步入课堂，"声随泪下，全堂学生亦声泪并下"。

在五四之前，陶希圣原本对白话文运动无甚兴趣；《新青年》《每周评论》在校园中流行，"但白话文，或者文学革命，或新文化运动，还未发生多大的影响"，尤其在兼容并包的北大，"学生们喜欢听哪一位教授讲的，就去听，不喜欢也就不听。党同伐异的风气还未兴起";五四之后，陶希圣开始"对一时风动之新书，如柯茨基阶级斗争论与克鲁泡特金互助论，一并购买，同样披读，无所轩轾"。

此时的中国，颇有点看取晚来风势、"别求新声于异邦"的亢奋或无奈，"世界上各种社会政治思想都向中国学术界源源输入，而学生青年们对于各种社会政治思想也都感兴趣。于是五四以前初见萌芽的'民主与科学'口号才获得滋长的机会。同时，国家主义、马克思主义、无政府主义、基尔特社会主义，乃至工团主义，亦风起云涌"。陶希圣一直不愿对所亲历的"五四运动"作褒贬式的评判，但这场运动对他的思想成长却有着实际的影响。"因为从五四运动起，无论哪一种思想，哪一个流派，都是掘挖北洋军阀的根基的锄与犁"，他因此笃信孙中山的三民主义才能更加"大度包容"。5 月至6 月间，他参加了所有的学生会议，但在大会之外，又在八旗先贤祠宿舍里研读《罗马法》，或赶至福寿堂旅馆去侍候来京的父亲；六三大游行，他庆幸自己"未曾被拘"。

这一年陶希圣二十岁。六年之后，即 1925 年，他在上海遭遇五卅惨案，已为商务印书馆编译所法制经济部编辑。在上海各界掀起的罢工风潮中，陶希圣先被上海学生联合会聘为法律顾问，继而又为商务印书馆三所一处罢工最高委员会顾问，并参加上海学术界十人联署的宣言，对英国巡捕枪杀民众的惨案表示抗议。

《上海商报》以社论作为声援，执笔者即当时的名记者陈布雷。陈、陶二人后为至交。不久《东方杂志》推出"五卅惨案"专刊，首篇即陶希圣分析南京路巡捕房应负相关法律责任一文。这件事对他来说"非同小可"。之前，他的文章大多发表在章锡琛主持的《妇女月刊》，或朱赤民主编的《学生》杂志上，《东方杂志》只刊发名流的文章，"至此时，我的论文开始在那样的大杂志上发刊"，对他来说是一次重要转折。

从"五四"到"五卅"，陶希圣在政治上获得前所未有的觉醒。"民国八年（1919），我在学生时期，参加了北京的五四运动。十四年（1925），我在自由职业者时期，遭遇了上海的五卅事件。这两个事件对于我的学业、思想与生活都有重大影响，也是自然和必然的事。"

《东方》杂志因五卅惨案而卷入讼案，王云五代表商务印书馆出庭应诉，辩护律师即大名鼎鼎的陈霆锐，陶希圣担任辩诉状的撰述工作，并随同出庭听审。在商务印书馆充当编辑之余，陶希圣仍潜心研究法学、民族学以及中国社会组织等课题。

五卅惨案之后，《孤军》杂志何公敢登门拜访，力邀为杂志撰稿，"那些稿子主要的谈社会问题，有时涉及政治见解"。这一时期，陶希圣先后结识《醒狮周刊》曾琦、李璜、陈启天等人，与《东方》杂志、《小说月报》、教育杂志社的胡愈之、樊仲云、郑振铎、叶圣陶等人也过从甚密，并在于右任创办的上海大学讲授《法学通论》。《醒狮周刊》一班人标榜"国家主义"，鼓吹"内驱国贼，外抗强权"，已结为中国青年党；何公敢、林骙诸人亦倾向国家主义，"孤军社"发展为独立青年社，社下有一周刊，即《独立评论》，邀陶希圣担任主编；上海大学为国民党黄埔军校之沪上前哨，"有志从军之学生进上海大学转广州投黄埔，比比皆是"。此时陶希圣的政治倾向之于上述党派或社团尚有一定距离，"我的社会政治关系左至共产主义，右至国家主义，可以说是广泛。但是我的社会政治思想路线，左亦不至共产主义，右亦不至国家主义"。陶希圣主编《独立评论》时，曾提出"民族自决，国民自决，劳工自决"这样的口号，其主张与醒狮派人士不同。国民党上海执行部认为"三自决"之主张，符合三民主义要旨，力劝其加入中国国民党，遂成接近国民党的第一步。

第二年 6 月，陶希圣不慎患伤寒转肋膜炎，病势危急，家中竟一文不名。发函至老家请求汇点医药费来，"与其等我死后，寄钱来买棺材，不如先寄点钱来，救我的命"，语气十分悲凉。三个月后，陶希圣抱病前往上海法政专科学校兼职讲授《亲属法》，同时在东吴大学讲授政治学。及至岁末，《亲属法大纲》一书完成，交由商务印书馆出版，获稿酬五百四十元，一半还债，一半维持生计，未料，眼睛却已近视。

1927 年 1 月，陶希圣接中央军事学校武汉分校来电，聘为政治教官，兼任军事委员会总政治部政工人员训练委员会常务委员，从此与国民党开始有实际接触。此间，在武汉大学兼任政治法律教授，讲授"社会科学概论""各国革命史""无产阶级政党史""帝国主义侵华史"等课程，着重于列强的侵略与不平等条约的束缚，以阐明国民革命的本质与意义。陶希圣认为自己的政治立场"左不至共产主义，右不至国家主义"，实际上，则有点居中偏左，陶希圣三叔陶公迪先生一家在汉口。陶去拜见时，三叔劈头就是一句："你回来了，你做共产党了。"

陶希圣的故乡黄冈当时设有农民协会，而佃农对地主的斗争并不激烈。陶希圣写信让一叶姓佃农到武昌来，对他说："田地于我没有帮助。我也决意不靠家产为生计。请你们把我自己应得的一份田地分了吧！"此人不肯承受。消息传开，陶氏家族据此认为他已加入共产党（1991年南京出版社《民国军政人物寻踪》，陶希圣词条下有其1924年加入中国共产党，1927年脱党一说。陶希圣之子陶恒生曾对笔者言：未闻父亲证实此事）。大革命时期的武汉政治气氛十分吊诡，"武汉各界不知道中国国民党的中央，只看见，总司令部总政治部主任邓演达的活动，及各军师政治工作人员的宣传活动，还有总工会与农民协会……汉口新市场的一个大厅里，经常有工人集会，高唱国际歌。那里的游人都听得见"。早年即加入同盟会的邓演达认同中国共产党的"工农联盟"，对国民党的"四联盟"（即民族资产阶级、小资产阶级、工人与农民）大不以为然，甚至认为"倘如共产党是工人阶级的党，他就以农民的领导者自任。四阶级联盟是不可靠的，唯有工农联盟才是革命的中心力量"，陶希圣回忆：邓演达每到武汉分校演讲时，常以手指向听众，高呼"现在，农民是起来了"！

陶希圣对共产主义与三民主义的分野并不陌生。早在上海大学兼任时，门首有一书局，出售瞿秋白、蔡和森等人编译的小册子，其中就有布哈林的《唯物史观》。陶希圣读了这类小册子，开始求购英文、日文译本的马克思、列宁著作，做过认真的研究。此时目睹北伐中之突变，他更需要了解实际政情，"与童冠贤、李超英、周炳琳、梅思平、吕云章等，每星期到汉口福昌旅馆，一间小房子里，锁了房门，交换消息和意见"。陶希圣虽被授衔中校，却"从来没挂过一天军刀、佩过一天手枪"。

1927 年 5 月，北伐军唐生智领军北上，讨伐北洋军阀残部。驻扎宜昌和沙市的夏斗寅部队，佯称腹背受敌，遭杨森川军攻击，撤退东进，企图乘虚而入武汉。夏斗寅的先头部队，是万耀煌指挥的一个师，迅速进占了纸坊，距武汉不足二十公里。武汉北伐军政府下令，将武汉军政学校师生与农民运动讲习所师生，合并为中央独立师，与叶挺率领的十一师会合，由武昌出发，往西迎战万耀煌部。农民运动讲习所的主任是毛泽东。

万耀煌是陶希圣之妻万冰如的堂兄，从小读军校，一直读到陆军大学毕业，打仗有勇有谋，武汉军校一班文人墨客以及讲习所一批农民，非他的对手。陶希圣随军出发时，妻子早有交代，若军校打败，乖乖举手投降，叫夏军捉去，只说是万师长的亲戚。实际上，是虚惊一场，"夏斗寅为保存实力，并不想真打仗，一见武汉出兵，就把武樵公（**万耀煌**）部队撤走了"。陶希圣随军西进，沿途参加当地革命运动。在咸宁县，碰见开农民大会，农会书记报告说会前枪毙了五个农会叛徒，实际上"那五个穷困乡民不过是先参加农会，后来不想干了，农会就把他们捉起来，枪毙示众"。陶希圣时为中央独立师军法处长、咸宁县政府委员会常务委员兼司法科长，感到事态严重，警告那书记，如果他还敢枪毙农民，就先把他抓起来枪毙。农会书记未料到陶希圣如此态度，急奔武汉，指控陶希圣是"反动军阀"。未出几天，武汉政府就派人替换了陶希圣。幸而当时陈独秀的主张仍然主控局面，陶希圣总算留下一条性命。后来，陈独秀出狱，在武汉，陶希圣对他多有关照。

政治分歧业已出现。一派指责"农民运动过火"，另一派力主更加急进，实行农民革命，组成农民军。"前一派是鲍罗廷的指示，与陈独秀的主张。后一派是罗易的主张，与瞿秋白等的支持。鲍罗廷是第三国际派到中国来的代表。罗易是印度共产党人，亦是第三国际派到中国来的。此刻莫斯科是在进行着斯大林与托洛茨基的斗争。斯大林对中共的指示，总是模棱与含混。所以他们二人的见解不同，也影响中共内部的争论。"陶希圣被政治总教官恽代英召回军校时，周佛海已往上海，其政治部主任由施存统（施复亮）接任。陶希圣被任命为政治部秘书，在施存统未回武昌前，代理主任一职。

此间共产国际第八次执行委员会在莫斯科开会，通过"中国问题决议"，指示中共扩大土地革命、武装工农、扩充军队、改造国民党的左派。7月15日，汪精卫政府在武汉宣布"分共"，并通过"取缔共产党案"。恽代英找到陶希圣，对他说："今日时局在变化中。程潜主张东征，张发奎主张南下。我们决定将军校改编为教导团，跟随第二方面军南下，回到广州。第二方面军政治部主任是郭沫若，请你担任教导团政治指导员。"随着上海四一二及武汉七一五政变相继发生，国民党"联俄容共"之政策，至此均告结束，陶希圣的革命激情被严峻的现实所浇灭，书生性格毕露，对妻子坦承："时局有大变化。我必须隐藏……度过两三个月，我就可以出头做事。"

在福寿庵分租的一间房子里，陶希圣"每日躺在竹床上，把仅余的一部铅印《资治通鉴》，从头到尾，读了一遍，偶尔写一篇短文，由妻子万冰如带到粮道街投入邮箱，寄给汉口《中央日报》副刊。他之所以藏匿其身，是不愿随军校教导团南下，亦不愿担任教导团政治指导员。直至有一天，《中央日报》副刊主编孙伏园在报上寻他，才走出福寿庵寓所。

中共八七会议之后，陶希圣与施存统有过一次交谈。施对他说："共产党未拉你入党，是留下一个左派，在党外与他们合作。"又言：如果你入了党，今天的生命如何，就不可知了！陶希圣闻此言，直如冷风灌背，不禁"毛骨悚然"（陶原话），不久便脱离军校，既不从汪精卫，也不随恽代英，远离政治，独自回到上海，专心研究中国社会史。"民国十六年一月，我回武汉；十二月，我离武汉。有如黄鹤楼与晴川阁对峙之下，滚滚江流之中，一叶扁舟，翻腾风浪之际，死里逃生，仍返上海。当一身一家西上之初，决投笔从戎之志。及其卷入风暴之内，所得职名多种，而工作则不出演说，作文，开会，游行之范围。在此一年中间，我见知与观察所及，对国际共产党之思想理论与战略战术，有深切之了解。"

这时是1928年春天，来到上海的陶希圣"没有钱，也没有职业，只有一番痛苦的经历，融化了他的思想，增加了他的见识，助长了他的文笔的毫芒"。一度前往南京任总政治部宣传处编纂科长，后改任中央陆军军官学校政治总教官，兼任政治部训练科长。及至年底，将所有职务辞去，回上海卖文为生。其妻万冰如在自传《逃难与思归》中回忆："新生命月刊每一期都登他的文章，另外好几家书店杂志要他的稿子，他卖稿子运气很好，可以先拿稿费，也可以送现洋取稿。"与此同时，陶希圣在复旦大学中国文学系与新闻学系讲述中国文化史，每星期二小时；在暨南大学、中国公学及上海法学院兼课。

这一时期，他的文稿大都收录在《中国社会之史的分析》《中国社会与中国革命》两书中，由新生命书局出版。另有一些小册子，如《中国之家族与婚姻》《中国封建社会史》，以每千字五元的稿费卖给其他书店。若干年后，同乡尧鑫在台湾湖北同乡会出版的《湖北文献》中撰文说："这时期陶先生绛帐授徒，闭门写集，过的虽是文人的刻苦生活，不过砚耕心传，逐渐建立了学术地位。"

陶希圣常穿一件古铜色线春长袍，烟瘾甚大，双袖龙钟，尽是烧痕，妻子万冰如也说："希圣衣服陈旧，又不喜欢理发，有一天在街上遇见熟人，两眼看他一下，冲口而出，问他，你怎么搞得这样，（他）一言不发，转身就走。"

陶希圣在沪上加入"粤委"顾孟余、陈公博、王法勤等人的"中国国民党海内外各省市党务改组同志会"。1930年，该总部迁往北平，屡催陶希圣北上，陶力辞不赴，应上海商务印书馆新任总经理王云五之邀，出任总经理中文秘书。王云五担任总经理前，曾赴美国考察大工厂的科学管理。就任总经理后，提出科学管理的原则及实施决心。一时间，馆内反对声骤起，三所一处职工提出十九条意见。人事部门所拟答复意见不甚中肯，王云五交陶希圣改订。三所一处职工大哗，编译所同人尤为激烈。推举代表三人，来到陶希圣寓所，代表们说："商务同人第一次罢工的时候，你站在职工这一边。现在你是当局待遇了，你替公司出主意，写法律文稿。大家说你是资本家的尾巴，要张贴标语驱逐你。我们先来拜望，并劝你辞职。"陶希圣在笑谈中应答："我明天辞职，但是我今天劝告你们复工。"第二天，陶希圣即提出辞呈，离开了商务印书馆。

这一年年底，南京中央大学校长朱家骅聘请陶希圣为法学院教授；一学期之后，又被母校北京大学法学院聘为教授，朱家骅冒雨来到陶的宿舍，再三挽留，未果。就这样，陶希圣开始了六年北大教授生涯，陆续出版四卷本七十余万字的《中国政治思想史》，初步形成"中国社会发展分为五阶段"之说，即"根据礼与律这两大支柱解疏秦汉以下历史的发展，以社会组织为骨干，旁及政治制度和伦理思想，终极问题还是中国社会是一个什么社会"。其间，创办《食货》半月刊，开启中国社会经济史学之新风气，成为二十世纪三十年代史坛上一件影响深远的大事。

陶希圣而立之年，即为著名大学教授，且声名远播，主要得力于他对中国社会组织及其演变的独到研究。早在他主编独立青年社之下的《独立评论》时，在一篇分析中国社会的文章中就认为：士大夫阶级与农民乃是中国社会构成的主要成分。所谓士大夫阶级是一种身份，而不是阶级，农民亦未尝构成一个阶级，因此中国社会不是封建社会，而是残存着封建势力的商业资本主义社会。近百年来，在列强帝国主义的侵略之下，工业革命未能完成，而农业工业转趋衰落。这就是中国社会的形态，亦即为中国革命的起因……这一见解引起中国学界的一场大争论，亦即 1928 年中国社会史论战之滥觞。当时上海左翼文化界和左派学界，对陶希圣提出尖锐批评，他被扣上两顶帽子：一顶是布哈林派，一顶是社会民主主义者。陶希圣对此不加理会，坦承自己的思想"接近唯物史观而不堕入唯物史观的公式主义圈套。使用的方法是社会的历史方法，简言之即社会史观。如桑巴德的《资本主义史》和奥本海马尔的《国家论》，如出一辙"。

1934 年春秋之间的中国社会史论战，实为 1928 年论战的延续，但此时"三派"严重对立。陶希圣分析道："一派是共产党的干部派，认为中国社会是半封建半资本主义社会；一派是反对派（**很广泛，不是一个小团体，与托洛茨基有联络**），如陈独秀、刘仁静属之，认为中国是商业资本主义社会；我自成一派……反对派用马克思主义唯物史观，干部派则与苏联斯大林派有关系，此外，自由主义与实证哲学这一派则是受杜威的影响。"这场论战仍发生在上海，北平各大学左翼学生对于"中国社会是什么社会"这一问题却兴趣不减，其中的分歧直接影响到这些学生的思绪，而分裂成不同的阵线。"当某一大学的学生团体邀请某一位先生演讲的时候，那位先生上了讲台，若是提起中国社会是封建社会，反对派的学生立刻跺地板、捶桌子，表示异议。若是他一开口，就说中国社会是资本主义社会，干部派学生也作同样的反对表示。"施存统去北平大学法商学院讲述陈独秀，第一段讲文学革命，推崇了陈独秀几句，遭干部派学生的一片嘘声；第二段讲到武汉时期，批评了陈独秀几句，又差点被反对派学生轰下台。

陶希圣本人并没有参与这次论战，在他看来，"中国社会史论战各方争辩，以唯物史观为问题之焦点。单凭唯物史观之理论与方法，使用贫乏的历史资料，填入公式，加以推断，达成预定之目的。此可谓论战各方共通弱点或缺点"，这是他创办《食货》的真正内因，即试图矫正中国社会史两次论战的公式主义，"使中国社会经济史的研究走上依据历史资料以求每一时代的经济结构及其演变的轨道"。陶希圣创立"食货学派"，长期以来，由于他在历史舞台上所扮演的特殊政治角色，"学术界对其学术倾向的判断存在很大差异，其学术价值一直为政治的强光所遮蔽"（**陈峰语**）。中国社科院经济史研究专家李根蟠认为"《食货》对中国经济史学科发展的贡献是不应抹杀的，全盘否定并不公允"。《食货》自 1934 年 12 月创刊至 1937 年 7 月停刊，陶希圣倾注了大量的心血，他在这个刊物上发表论文三十六篇，其他七篇，翻译二篇，共计四十五篇，位居作者之首。二十世纪八十年代初上海书店向海内外推出《食货》半月刊影印本，可见其学术价值至今犹在。

1937 年卢沟桥事变发生，陶希圣毅然走出书斋，舍弃了那份饮茶夜读、著书立说的从容与自得，奉约从北平上了庐山。在由远及近的炮声中，对三十八岁的陶希圣来说，是一个不由分说的选择，从此，再也没有重返大学校园。7 月 17 日，与胡适、张伯苓、蒋梦麟、梅贻琦等人一同出席"牯岭茶话会"；8 月，加入军事委员会委员长侍从室第五组，从事国际宣传工作；9 月，应聘为国民参政会议员。西安事变发生时，国民政府下了三道命令：一，军事委员会委员长不能行使职权时，由常务委员代行职权；二，行政院长一职由副院长孔祥熙代理；三，特派何应钦担任"讨逆总司令"。胡适在一次聚会上对陶希圣说："希圣，你们国民党有读书人，否则无法下这种命令，这是春秋大义。"陶希圣说："我推想这件事处理过程中，最具影响力的可能是戴（季陶）先生。"胡适又说："我不是国民党，我一向反对国民党、批评国民党，但是今天我要加入国民党。"

胡适并没有加入国民党，但接受了驻美大使的任命，他给浦薛凤的信中说，"踌躇了八日，始决心接受。明知'伸头也是一刀，缩头也是一刀'，不如伸头更爽快了"（1938 年 11 月 15 日）。与胡适一样，陶希圣弃学从政也是奉蒋介石之令，在当时国难之中，无可推辞。但陶的从政之路，从一开始就布满荆棘，甚至卷入湍急的政治旋涡，最遭人诟病的一件事，就是 1938 年 12 月随汪精卫等人出走河内，并于 1939 年 11 月起参与汪组织与日本和谈代表为时两个月之久的密谈。这件事有深刻的时代背景。全民族抗战之初，全国上下，无不同仇敌忾。由于中日两国军力悬殊，到了 1938 年夏秋，"国土精华尽失，真已到了内无粮草，外无救兵的绝境。……此仗如何打得下去"？（唐德刚语）胡适在战前也不甚乐观，"中国是一中世纪的国家，断不能抵抗近代国家的日本，必须认清战争的后果"，但也说过"苦撑待变"这样的话。以唐德刚的解释：胡适之所谓待变者，就是认为西方民主国家，尤其是美国，迟早必会卷入亚洲战场。一旦美国卷入中日之战，那么"最后胜利"就"必属于我"了。历史证明完全是正确的。

胡适盱衡全局，深感"战难和亦不易"，较之失败主义者的心态有所不同。面对"焦土抗战"的口号（**系李宗仁率先提出**），陶希圣的心情复杂万端。1938 年12 月31 日，在给驻美大使胡适的一封信中说："自武汉、广州陷落以后，中国没有一个完全的师，说打是打不下去了。财政是一年廿七万万，收入不到两万万。壮丁补充大成问题。焦土政策引起人民怨恨，至长沙事件而达于极点。这样不可乐观的内容，到了这样一个外交情势，当然应考虑存亡绝续的办法。"所谓"存亡绝续的办法"，就是与日本的"和议"。陶确实是反对一元外交。他向胡适解释了为何随汪出走的原因，"见国家沦陷到不易挽救的地步，连一句负责任的老实话都不能说。幻想支配了一切，我们才下决心去国。没有带出一个多的人，只有公博、佛海及希。我们不想作积极的打算。我们第一，想从旁打开日本与中国谈判的路，战与蒋战，和与蒋和，再向蒋公建言力劝其乘时谈判。如果做不到，我们便退隐不问政事……"

既然是"战与蒋战，和与蒋和"，对陶希圣来说，就绝无另立政府之意。他与汪、蒋二人私交都不错，只是1928年在上海加入过"国民党改组派"，与汪的关系更加密切。其妻万冰如在回忆录中证实："公博电报来，他接到电报，脸色大变，心神焦灼，这才告诉我，说他决定去昆明，在昆明与汪精卫、陈公博诸人会同出国。他叫我随后往昆明，暂且住下，等候他的消息。我又疑惑，又忧虑。他也知道事情不妙，但是他从十七年（1928）在武汉，十九年（1930）在上海，二十六年（1937）再到武汉，一直是汪派，他们决定走，我阻止不了，也只好走。"

陶的得意门生、著名史学家何兹全也认为"陶先生和汪精卫的关系在1928年前后就建立起来了。揆诸三十年代国内政治情况，国民党内的派系斗争和陶先生的思想情况，那时他靠近汪就比靠近蒋的可能性大"。在陶希圣当时看来，"主和"与"投降"是两回事，应理智分开。他坚持"主和"不是"投降","谈判"绝非"通敌","和"与"战"并非不可兼容,"调停行动乃交战双方取得战争利益减少伤亡的手段之一,放弃调停则可能失去战争的最终目的"。

1938年12月22日,日本近卫首相发表第三次声明,提出"日华调整关系之基本政策",妄言"彻底击灭抗日之国民政府,与新生之政权相提携,以建设'东亚新秩序'"。此时汪精卫在河内起草一声明,响应和议;由陈公博带至香港,交顾孟余商议;顾表示坚决反对,"万万不可发表,这是既害国家又毁灭自己的蠢事"。12月29日,汪仍按原文发表,此即历史上臭名昭著的"艳电"。

1939年5月6日,汪精卫夫妇在日本特务影佐祯昭等人保护下,由河内抵上海。8月底,陶希圣从广州也到了上海。这时,已渐察日方的目的不在和谈,旨在灭亡中国。他对女儿琴薰说:"周佛海、梅思平两先生立志要送汪先生进到南京,我立志要去阻止他。我留在香港没有用,一定要到上海去救出汪先生。我要保存中华民国的体制,要去把'主和'与'投降'两件不同的事分开。从前我把周佛海、梅思平引见汪先生，现在竟成为我良心上的苦痛，这是我追随汪先生十余年来唯一对不起他的事。现在我便是想赌着生命到上海去纠正他们，以尽我心。"实际上，汪精卫在河内遭遇曾仲鸣被刺一案，即已铁了心，一头栽进在日本占领区组织"新中央政府"的深渊之中。

8月28日至29日，汪等在上海召开所谓"中国国民党第六次全国代表大会"，指定周佛海为"中央"秘书长、梅思平为组织部长、陶希圣为宣传部长。国民政府随即下令通缉，中央监察委员会亦决定开除这些人的党籍。但在通缉与开除党籍的名单中，却没有陶希圣的名字，让汪精卫及日本人颇为猜疑。

11月1日，汪组织与日本方面正式谈判。日方首席代表是影佐祯昭，汪方首席代表是周佛海，汪本人未出席。日方在会上分发"日支新关系调整要纲"草案，其条件大大超出一年前"上海重光堂协议"及"近卫声明"。陶希圣意识到问题的严重性，11月3日，分别致函汪、周二人，表示不愿再出席会议，更是对陈璧君强调：这份"要纲"实质是德苏瓜分波兰之后，日苏再瓜分中国；所谓谈判，不过是这一瓜分契据，由几个中国人签字而已！陈璧君将此话转告给汪，汪听了落泪不止，但为时晚矣。

此时汪夫妇密谋，想就两种方案取其一而脱身。一是从愚园路迁居法租界，发表声明，停止所谓的"和平运动"，然后亡命海外；二是下令叶蓬带领他训练的"军官团"去广州，并要求日军退出华南，让汪等在华南继续活动。影佐祯昭得知消息后，当即见汪。汪对影佐述自己如何脱离重庆、响应近卫声明，一直说到"要纲"，表示自己不能接受，将移居法租界，闭门思过。"影佐低着头，一面听、一面笔记。他听到后来，两泪直流，点点滴滴，落在笔记簿上。汪说完之后，影佐委曲陈词，说'要纲'是参谋本部提出的方案，其中颇有与近卫声明不相符合之处。他同意汪夫妇布置法租界住宅，以备移居，但他要求汪许可他亲往东京一行，请近卫公出面干涉。"

汪精卫在会上对众人说："看来影佐还是有诚意。"陶希圣当即问："汪先生是不是相信影佐的眼泪？"周佛海高叫起来："希圣太刻薄了！你有成见！"又与梅思平同声说："已走到这一步，还有哪条路走？"陶晚年回忆，"这时，我已陷入极端痛苦的状况，写了一封信给驻美大使胡适，沉痛地诉说一念之差，想到和平谈判，哪知落入日本全盘征服中国，灭亡中国的陷阱，现在无路可走，只有一条死路。当时七十六号已有打死我、嫁祸重庆的阴谋。"

陶希圣之妻万冰如在香港得知消息，携带一群儿女赶赴上海，欲拯救火坑里的丈夫。及至12月底，在一次会议上，汪精卫认为众人意见不合，发生冲突，"这样下去，将有杀人流血之事"。陈公博刚从香港来，大惑不解，私下问陶希圣。陶答：此话有何根据不得而知，但现在纵然是有意见不合又有什么办法？陈公博觉得此事不妙，声言：我们非赶快离开不可！当晚，万冰如问陶希圣："公博走，你为何不走？""我在监视之下，走不了。""你打算签字？""不签便死在这里！""签字呢？""签字比死还坏！"陶妻于是认定非走不可了，甚至说"我把我的生命换你逃走。如果走不出去，我们一同死在这里……"

1940年1月3日，陶希圣、高宗武二人在杜月笙的

196

秘密安排下逃离上海,安全抵达香港,陶妻及子女则滞留沪上以应付汪精卫等人。1月15日,陶希圣再次致函胡适,"四月间汪先生决往上海、东京,希即力加反对,公博、宗武亦同,然竟未得其一顾。八月底希赴沪相劝其放弃另组政府之主张,此种劝阻至十月及十一月颇生效力……十二月汪心理又变,日方催其组府亦甚力,以此公博、宗武、希相继于十二月底、一月初离沪返港。公博为告而别,希等则告即不能别,故不别而行,以此引起汪、周甚大之冲动,现彼等相杀令已下矣。不意卢沟桥事变以后一念之和平主张,遂演至如此之惨痛结果也"。1月21日,高、陶二人在香港《大公报》披露汪日密约《日支新关系调整要纲》及附件,震惊海内外,此即当时著名的"高陶事件"。

陶希圣在人生的悬崖边上停下步来。不论其动机如何,多少是为国,多少是为己,"这一举措毕竟是对日本诱降与汪精卫卖国逆流的重大打击,也是给尚留在重庆阵营中的那些悲观动摇分子的深刻警示——求和之路走不通"。1940年6月起,陶希圣奉重庆之命在香港创办国际通讯社，编印《国际通讯》周刊，向战时军政机关提供世界局势分析及国际问题参考资料。

1941年12月8日，太平洋战争爆发，香港随后沦陷；翌年2月，陶希圣随惠阳还乡队逃离香港，辗转来到重庆。在陈布雷奉蒋之命的安排下，任委员长侍从室第五组少将组长，仍得到蒋的重用，成为外界猜不透的谜，时有"汪蒋二人唱双簧"甚嚣尘上，陶的弟子何兹全时在重庆，问：此话是真是假？陶希圣相告：不是。好比喝毒药。我喝了一口，发现是毒药，死了一半，不喝了。汪发现是毒药，索性喝下去。何兹全认为："签订密约或揭露密约，这是投敌与主和的分界线。正如他自己所说：'弟出生入死以求主和与投敌之限界，至今始为主和者吐气矣'……陶先生这话，是自慰也是实情。悬崖勒马，回头是岸，这和走下去是不同的两种境地：一是投敌，一是主和。陶先生主和，未投敌。这是大节。严重错误，未失大节。"作为一介书生，陶希圣的弱点显而易见，"他爱面子、重感情、遇事犹豫不决"。唐德刚慨言：这是当秀才的悲哀，与国事何补？

陶希圣明白，此番脱汪归来，蒋于他有"不杀之恩"。在侍从室第五组工作，"名为研究与写作，实际上希圣在战时军政枢密关所之内，无异于海上孤帆得此避风塘"，"明知其有伤手之虞，亦唯有尽心悉力捉刀以为之"。所谓"捉刀"，系指 1942 年 10 月，陶希圣代蒋介石撰写《中国之命运》(原名《中国之前途》)一书。蒋的文稿最初系告全国国民书，不过三万字，经多次修改与增订，最后扩至十万字以上。此书于 1943 年 1 月由正中书局出版，销行二十万册以上。陶希圣嫡侄陶鼎来认为，"蒋要他来写这本书，显然不是仅仅因为他会写文章，蒋下面会写文章的人很多。蒋要求于他，正是他在中国政治思想史和中国社会史上的研究成就，来补充蒋自己在理论上的不足。这是除陶希圣外，任何别人都做不到的"。

1943 年 1 月，《中央日报》改组，陶希圣兼任总主笔；1946 年 5 月，国民政府还都南京，任国民党中宣部副部长一职；1948 年底，为蒋撰书"1949 年元旦文告"；次年 1 月，蒋介石宣布下野，其引退文告及代总统行视声明，均由陶希圣负责。不久，随蒋去台湾，在国民党中央仍位居要津，参与国民党内部改造，并受蒋介石之委派，与陈立夫等重要干部在日月潭密议改造要务，任中央改造委员会设计委员会主任委员，兼国民党总裁办公室第五组组长，后改任第四组组长，全面主管舆论宣传工作。蒋另一本书《苏俄在中国》，亦系他捉刀代笔。陶希圣七十岁在《中央日报》董事长位上退休，从此离开权力中心。

1971年，陶希圣与四子陶晋生院士合力将《食货》复刊，改为月刊。以姻亲刘光炎的一段描述："每晚必看电视。常孤灯独坐，凝视默想，俟十一时电视播完，然后拂纸属文，往往至深夜，日数千字，习以为常。所为文大半以实所主办之《食货》月刊……"某一年，唐德刚从美赴台参加一个史学会议，应约到陶府参加宴会。但见客厅壁上挂有蒋介石的亲书条幅："希圣同志岁寒松柏蒋中正"，不由感叹岁月沧桑中的人事沉浮，此时的陶希圣已不愿再回首谈什么"高陶事件"，那委实是中国现代史上书生"误搞政治"的一个典例。

1988年6月27日，陶希圣在台北逝世，享年九十岁。他曾在《八十自述》中审度自己："区区一生，以读书、作文、演说、辩论为业，人自称为讲学，我志在求学。人自命为从政者，我志在论政。我不求名，甚至自毁其名，而名益彰。"及至九十高寿，在给三子陶恒生的一信中说："活到九十岁，可以'这一生'。这一生，前一半教授，后一半记者。教授与记者的生涯，便是写作、演说、开会。前一半抽烟、后一半喝茶，八十岁有感慨，九十岁自觉轻松，连感慨都没有了……"前尘驰去，荣辱皆抛，是他的晚年心态。

陶希圣一生著述甚多，尤在史学方面的造诣及贡献，奠定了他在二十世纪中国史学史上的重要地位，只是大半生以来与中国现实政治如影随形，以致"几度生死系于一线，抛妻别子，死中逃生，忍辱负重，遍体鳞伤，所为何来"？（沈宁语）他不得不承认：书生论政，论政犹是书生，与老友陈布雷在自杀前所自嘲的"参政不知政"，有同病相怜之浩叹。中国知识分子在一个时代的悲剧，有时让人扼腕痛骨，甚至不忍卒读。

萧红：文字与人生一起脱轨

王　鹤

　　细看萧红的经历，在某些人生的关节点，因个性独特导致的非理性选择，也让她不止一次置身绝境。有一点倒是可以肯定，一个循规蹈矩、安分随时的女子，绝不可能写出天马行空似的《呼兰河传》。

惊世骇俗的女子

有关萧红（1911—1942）的故事，通常是这样开场的：她与未婚夫同居于哈尔滨一旅店，欠了巨额费用，后者逃离，旅店老板威胁要将已怀孕的萧红卖进妓院。危急中她给报社写信，萧军前往探望，两人互生好感，他奋力将她救出。文学史上遂有珠联璧合之"两萧"。

在这个简略版的英雄救美传奇里，萧红柔弱无依，萧军骁勇威猛，两个文学青年一见钟情。实情基本如此，只是，前因后果，头绪纷纭，说来话长。

季红真的《萧红全传》（现代出版社 2011 年版），将她遇险前后那段经历，梳理得非常清晰——

萧红与家庭抗争，得以离开呼兰到哈尔滨念中学。

父亲将她许配给富商与小官僚之子、小学教员汪恩甲，萧红起初对他并无反感，两人经常通信。汪恩甲有富家子弟的没落气息，接触愈多她愈增不满，想退婚去北平念高中，父亲坚决反对。最疼爱她的祖父已经去世，父女关系僵冷、对立，萧红以抽烟、喝酒排遣苦闷，性情变得喜怒无常。那时她与表哥陆哲舜很投契，后者去了北平念大学，萧红遂离家出走，与表哥相聚，进入北平女师大附属女一中高中部。表哥早有家室，他俩在老家引起轩然大波。陆家、张家都拒绝寄生活费，除非他们返回。北平天冷、米贵，居大不易，陆哲舜渐生悔意，两人关系开始冷淡。1931年1月寒假萧红回家。

萧红被父亲软禁。假期结束前，她与家人周旋，假装同意与汪恩甲结婚，要置办嫁妆，得以去往哈尔滨，随即再次抵达北平。待汪恩甲追往北平时，萧红已囊中羞涩，只得跟他回呼兰。家人将她安置在距离阿城县城二十多公里的张家老宅福昌号屯，严密监视了半年。10月初萧红伺机跑掉，前往哈尔滨。

萧红亲戚家不愿去，在姑母（*陆哲舜之母*）家又吃了闭门羹。她衣衫单薄，身无分文，暂时落脚同学家。

她去过堂姐妹的学校借宿，还曾经流落街头，险些冻馁而死。战乱令百业萧条，不但求学成为泡影，求职也渺无希望。1931 年底，萧红无奈去找汪恩甲，但汪氏家族已对她深恶痛绝，他俩遂同居于哈尔滨东兴顺旅馆。她曾经那么嫌弃汪恩甲抽鸦片，如今已是心灰意冷，两人一起吞云吐雾。

汪恩甲的工资入不敷出，哥哥强迫弟弟与萧红分手，萧红却怀孕了。汪回家求援，反被家人扣住。萧红去找他，又遭汪兄等怒斥。她走投无路，回到继母的娘家，汪恩甲曾去找过她。此后，她去法院告汪兄代弟休妻。法庭上，汪恩甲却临阵倒戈，表示是自己选择离婚。法院当场判他们离婚，这结局大出意外，萧红怒不可遏冲上街头，无奈中只得又回旅馆。汪恩甲追来道歉、解释，两人最终和好。到 1932 年 5 月，他们在旅馆赊欠的食宿费已达四百多元（一说六百多元），汪恩甲回家取钱还债，这一走却从此失踪。

已有五个多月身孕的萧红陷入绝境，上天入地俱无门。旅馆老板将她赶到简陋、阴暗的储藏室，时时催逼，她甚至要过饭。7 月上旬，听说旅馆老板已经找好妓院，要卖她抵债，萧红急中生智，投书《国际协报》求助，随即又去电话催促。她曾给该报投稿，虽未采用，副刊编辑裴馨园却对她有印象，立刻与同事去旅馆探望，并警告旅店老板不得为非作歹。从那以后，萧红将裴馨园视为救命稻草，多次焦躁地给裴馨园去电话。裴尚无救助之策，遂委托协助他处理稿件的萧军送几册书过去。

萧红恰好在读报上连载的萧军小说，两人一番晤谈，彼此倾心，火速坠入情网。萧红浸泡在从天而降的恋情里，写了几首陶醉的短诗《春曲》。

萧军、裴馨园等始终筹不到解救她的巨款，恰逢洪水肆虐哈尔滨，旅馆一楼被淹。8月9日，一个老茶房提醒萧红，趁老板不在赶紧跑。于是，她搭上一艘救生船，逃到裴馨园家。萧军设法去旅馆接她时，她已脱险。

……

即便用再俭省的文字，叙述萧红二十岁左右的那番惊险，也要说上几大段。虽然隔了八十多年漫长时光，依然看得人心惊胆战。

逃婚或私奔，有的是情势所迫，不得已而为之；也有的属意气用事，欠深思熟虑。不管怎样，一旦奔逃，也就脱离了传统婚俗的轨迹。也许从此转危为安，身轻如燕；也许步履维艰，与无常相伴。

父亲的专制、冷酷，激发了萧红的反弹。冲动、任性的萧红太像一匹脱缰野马，狂乱不羁。那一连串惊世骇俗之举，在因循保守的呼兰，在顾忌颜面的张家，无疑会被视为伤风败俗、有辱门楣，所以她被开除族籍。而她的不循常规、随心所欲，换成大多数缺乏超强承受力的父母，都会头疼欲裂吧。

人生仿佛行路、游山，寻常大道，安全平顺，风光尽在把握，却也平庸落套，少意外之喜；荒僻野径，有人所未知的美景、发现，也有峭壁深壑等未知的险阻。所以，大多数好奇心、探险欲和能量都平常的人，走了常规之路。

自由是多么绚丽的字眼呢，但它的光焰，有时也能射伤缺乏防护的眼睛。恰如葛浩文在《萧红评传》的《结论》里所说：

萧红就是这一代中为了所谓现代化，不惜付出任何代价的一大部分人中的典型人物。遗憾的是他们那些人往往在身心方面都欠缺面对新方式的准备。对女性而言，这新的变革和考验是非常艰辛的，唯有那些最坚强的人才能安然无恙地渡过难关。

被新风尚激荡的新女性不见得就能如愿以偿，遭逢理想的社会环境和男性群体，须得自己实力充足，比如，有一技傍身，不乏安身立命之本，性格又足够强韧，遇到意外，才不易伤筋动骨或撕心裂肺。

成也萧军败也萧军

萧红的《春曲》，专写热恋时的眉开眼笑、爱不释手。情到浓时，万般皆好，好得不讲道理，像捏了万花筒，怎么看都只觉欢喜：

只有爱的踟蹰美丽，

三郎，我并不是残忍，

只喜欢看你立起来又坐下，

坐下又立起，

这其间，

正有说不出的风月。

她对三郎（萧军）的迷恋，不仅因为他在困厄中给她希望，更因他俩迎面相逢，就撞得天晕地眩："当他爱我的时候，我没有一点力量，连眼睛都张不开。"

两人起先吃住在裴馨园家，萧红戒了鸦片。因身无分文，她的住院、生产都有一番曲折，女儿生下来几天，就送给了公园的临时看门人。出院后在裴家住久了，裴的妻、母渐生不满，萧军与裴妻激烈争吵，无奈搬出。

萧军未能再给裴馨园当助理编辑，失去每月二十元固定收入，他俩穷愁潦倒，无家可归。后来萧军终于谋到教武术的工作，学生家住商市街，同意提供住处，两人总算有了栖身之所。

萧红在家做家务，她并非巧妇，起初常把饭煮焦了，火烧熄了，还要日日发愁无米无柴；也需撂下面子，向同学、老师借钱。萧军终日奔波谋职，当杂七杂八的家教，八方借贷。借钱不易，往往只能借到三角五角，借到一元已很稀有，有时候五角钱必须省着用三天。有次在朋友家，见朋友吩咐用人拿三角钱去买松子当零食，萧红在一旁暗自着急，对这无谓的奢侈痛惜不已。

很少女作家有萧红那样深入骨髓的冻、饿经历，她的散文集《商市街》，对那段饥寒交迫的日子有活灵活现的描写。《饿》写她半夜屡次想拿走别人挂在过道门上的"列巴圈"（面包），想到这便是偷，不免心跳耳热，一次次开门，又退回房内。腹中空虚，内心挣扎，再难入眠。天亮了，萧军喝杯茶便出门做事，她饿到中午，四肢疲软，"肚子好像被踢打放了气的皮球"。"我拿什么来喂肚子呢？桌子可以吃吗？草褥子可以吃吗？"

学生的姐姐汪林是萧红的中学学妹。汪林家的炸酱面，香味让人销魂蚀骨。汪林身着皮大衣，脚蹬高跟鞋，带着又饱又暖的慵懒，去看胡蝶的新片。她的红唇卷发、长身细腰，"完全是少女风度"，令萧红自惭形秽，"假若有镜子让我照下，我一定惨败得比三十岁更老"。她才二十二岁，已觉得自己"只有饥寒，没有青春"。

好在，感情炽烈时，爱也可以充饥。"只要他在我身边，饿也不难忍了，肚痛也轻了。"黑面包加盐，你咬一口，我吃一下，盐抹多了，还能开开玩笑：这样度蜜月，把人咸死了。偶尔在小饭馆奢侈一回，把馒头、小菜、丸子汤吃饱，再买两颗糖，一人一颗，真是惬意。

萧军回忆，他俩都有"流浪汉"式的性格，从不悲观愁苦，过得快活而有诗意，"甚至为某些人所羡慕"。有时，萧军拿着三角琴，萧红扎着短辫，两人衣履随意，在街头且弹且唱，别有一番潇洒。萧军带着她接触左翼文化人并开始写作。偶尔吵架了，两人抢着喝酒，他又醉又气，在地上打滚，让萧红心痛也自责。

时间一长，性格差异导致摩擦渐多。加之，主张"爱便爱，不爱便丢开"的萧军，颇能东鳞西爪地留情。两人同居近六年，他在感情上的旁逸斜出，每次都戳得萧红流血、战栗。在上海期间，他们经常为此争吵，萧军脾气暴烈，有时竟将萧红打得眼角青紫。

1936 年，萧军的新恋情令萧红满腹愁郁，她有诗《苦杯》，"写给我悲哀的心"。他给新欢写情诗，"像三年前写给我的一样。也许人人都是一样！也许情诗再过三年，他又写给另一个姑娘"！他对那鲜艳的新人抒情，"有谁不爱个鸟儿似的姑娘！有谁忍拒绝少女红唇的苦！"萧红黯然自伤："我不是少女，我没有红唇了。我穿的是从厨房带来的油污的衣裳。"

《苦杯》之四、五写道：

已经不爱我了吧！

尚与我日日争吵，

我的心潮破碎了，

他分明知道，

他又在我浸着毒液一般痛苦的心上

时时踢打。

往日的爱人，

为我遮蔽暴风雨，

而今他变成暴风雨了！

让我怎样来抵抗？

敌人的攻击，

爱人的伤悼。

萧红无奈地哀叹，"我幼时有个暴虐的父亲，他和我的父亲一样了！"《苦杯》结尾，爱情破灭，梦冷心灰，欲哭而"没有一个适当的地方"，"人间对我都是无情了"。

两萧到上海后，在鲁迅关怀下，已在文坛站稳，不再忧心衣食。1935 年底出版的《生死场》，更是让萧红被赞誉包围，也收获了许多朋友。但为情所困时，只能独咽凄酸。她身体很差，早生华发。有时徘徊街头，也常去鲁迅家。胡风的妻子梅志在《爱的悲剧——忆萧红》里说，她在鲁迅家见到的萧红，有点心不在焉，"形容憔悴，脸都像拉长了，颜色也苍白得发青"。鲁迅身体衰弱，许广平家事繁多。有一次她忍不住向梅志诉苦："她天天来，一坐就是半天，我哪来时间陪她，只好叫海婴去陪她。我知道，她也苦恼得很……她痛苦，她寂寞，没地方去就跑到这儿来，我能向她表示不高兴、不欢迎吗？唉！真没办法。"许广平的《追忆萧红》

提起，有一次为陪萧红，没顾上给鲁迅关窗，致使他感冒发烧。她由此感慨："一个人生活的失调，直接马上会影响到周围朋友的生活也失了步骤，社会上的人就是如此关联着的。"

萧红刚刚走到平顺处，又遇崎岖。不过，谁都不轻松呢，她也亲眼看到鲁迅病危时，许广平的忧心如焚、劳碌忙乱。一个人走得踉跄时，固然需要朋友扶持、慰藉，但情感的包包块块，最终还得靠自己慢慢掰细、揉化，旁人难以越俎代庖。萧红与许广平固然亲密，当她徘徊于一己哀伤、顾影自怜时，却忽略了对方的感受，甚至干扰到别人的生活而不觉察。不难看出，萧红在人际交往里一直没有克服情绪化与幼稚化倾向。

1936 年 7 月，萧红、萧军决定暂时分开一年。她去日本后孤寂无聊，几番生病，又抽上香烟。写给萧军的信仍充满思念，常牵挂他的健康、起居。随后，萧军与她初到日本时同住的好友许粤华之间恋情疯长。许粤华是两萧的朋友黄源之妻，因经济原因提前回上海，萧军故态复萌。1937 年元月初萧红写下《沙粒》，照例有说不出的落寞绝望，却又似乎已经被类似重创打击得有些麻木："我的胸中积满了沙石"，"烦恼相同原野上的青草，生遍我的全身了"。

萧军回忆，他和许粤华清楚，因为"道义上"的原因他们没有结合的可能，所以都同意请萧红回来"结束这种'无结果'的恋爱"。1937年初，萧红启程回上海，但感情创痕已深，矛盾依旧，她心绪恶劣至极。萧军则觉得，萧红"如今很少能够不带醋味说话了"，为着吃醋，"她可以毁灭了一切的同情"！他也幻灭，觉得萧红跟寻常女人到底并无两样。

1937年10月初，两萧在武汉认识端木蕻良，后者因长篇小说《科尔沁旗草原》颇受文坛瞩目。好友蒋锡金回忆，他们四人曾像兄弟姐妹般亲密，端木起初没有住处，还曾跟萧红夫妇同床挤了一晚。端木蕻良曾就读清华历史系，他的斯文秀气，跟萧军的粗犷豪放迥异其趣。他不像萧军那样经常贬抑萧红，对她还不乏仰慕。她对端木渐生好感，曾在他的桌上练字，抄写了张籍诗《节妇吟》中的几句，放在醒目的位置："君知妾有夫，赠妾双明珠"；"感君明珠双泪垂，恨不相逢未嫁时"。原诗"还君明珠双泪垂"的"还"字被有意写成了“感”字。而“恨不相逢未嫁时”一句则重复写了多次，萧红还几次对端木口诵这句。

1938年初，两萧与端木蕻良等作家前往临汾，又到西安，萧红发现自己怀孕了，仍坚决与萧军分手。她对聂绀弩倾诉：自己依然爱萧军，但做他的妻子太痛苦了，忍受屈辱太久，“我不知道你们男子为什么……要拿自己的妻子做出气包，为什么要对自己的妻子不忠实”！

葛浩文的《萧红评传》认为：“多年做了他（萧军）的佣人、姘妇、密友以及‘出气包’”，萧红理所当然想中断这种关系，她曾经优柔寡断，此时如此坚决，“主要可能是因为端木的关系”。

萧军帮助萧红脱险并涉足写作，此后他俩被鲁迅提携，一举成名。萧红命运的重大转折和她一生最持久的痛楚都来自萧军，可谓成也萧军，败也萧军。

“我将孤寂忧悒以终生”

1938年春，萧红与端木蕻良回武汉就同居了，5月

下旬举办婚礼。这是不被祝福的婚姻，双方的亲友团都
不以为然：两萧有共同的朋友圈，老朋友们对端木感情
上不免排斥。他那种散漫、疏淡的风格，包括洋派、考
究的装束，也让左翼作家们看不顺眼。端木的亲朋对他
娶一个有复杂情感经历的孕妇则是又惊讶又惋惜。

萧红在婚礼上对胡风等朋友说："我对他没有什么
过高的希求，只是想过正常的老百姓式的夫妻生活。没
有争吵、没有打闹、没有不忠、没有讥笑，有的只是互
相谅解、爱护、体贴。"

端木蕻良与萧红恋爱、结婚前，也曾思虑再三：他
未结过婚，萧红比他大一岁，身体不好，还怀着萧军的
孩子。后一点恰好最让萧红心存感激，她说：像我眼前
这种状况的人，还要什么名分？可端木却做了牺牲，就
这一点我就感到十分满足了。

萧红当年逃婚、同居、未婚先孕，在三十年代初
的东北小城，何等令人惊骇，陈规旧俗被她漫不经心地
抛诸脑后。然而，就算一路走来，羽翼渐丰，结缘的都
算新派文人，在掂量婚恋关系时，叛逆、放任如她，依
然会不自觉地滑入传统思维与价值坐标。或者说，所谓

"人之常情"，到底无法回避，所以，先自"怯"了三分。

前后两次，萧红都是怀着别人的孩子开始新的感情。固然可以看出她不乏魅力，但她也真是欠缺理性与"世故"，因而每每在无奈或无意时，被推到逼仄处，难以转圜，或是给未来留下阴影，最终也未能拥有孩子。她曾去医院堕胎，因费用太高而作罢。蒋锡金鼓励她生下孩子，萧红泣不成声，说自己维持生活都很困难，再带一个孩子，就把自己完全毁了。

日军逼近武汉，1938 年八九月，萧红夫妇先后抵达重庆。在宜昌时，她带着八个月身孕在码头绊倒，无力爬起，幸而被陌生人扶起。她过后对朋友感慨，自己总是一个人走路，好像命定要一个人走路似的。

11 月初，萧红到女友白朗在江津的家里待产，她情绪很坏，焦躁易怒，甚至对白朗及其婆母发脾气，让老太太难以接受。她生下一个男婴，三天后死亡。回重庆时，萧红苦笑着对白朗说："我将孤寂忧悒以终生。"

萧红夫妇搬到北碚才安顿下来，端木蕻良在复旦当兼职教授，也做编辑，两人都有固定的稿费收入。重庆岁月是萧红生活最安稳的阶段，虽然已出现肺结核症状，但她写作量不低，长篇小说《马伯乐》就在那时动笔。

1939 年秋，萧红完成长篇散文《回忆鲁迅先生》，在所有纪念文字里，她写得最鲜活灵动。一来，她有得天独厚的条件，近距离观察日常生活里的鲁迅——她与萧军曾每天晚饭后就去鲁迅家，像家人一般自由出入。旁人的文章，或着意凸现鲁迅的横眉冷对，或高屋建瓴、宏大叙事，萧红却是从零星细节和片段场景入手，看似信马由缰，一如她惯用的散碎笔法，却写出了鲁迅温厚、细腻、包容的那一面，也写出了鲁迅和许广平家常过日子的烟火气。她将鲁迅给人的冷峻、坚硬、偏激印象，添上了灶火一样的暖黄色；二来，她投注了深厚感情。被鲁迅一家接纳、关爱，令萧红找到难得的情感慰藉和安全感。她也从鲁迅身上，找到理想父亲、理想男性的形象。牛汉口述，何启治、李晋西采写的《文坛师友录》提到与晚年萧军的交谈："从萧军的口气也证明，萧红跟鲁迅的关系不一般，太不一般了。"

1940 年初，萧红夫妇飞往香港。这里尚远离战火，海阔水清，鸟鸣花媚，她却难驱孤独、抑郁。老朋友胡风看到萧红病弱不堪，不禁对端木蕻良又添恶感，他甚至觉得，端木毁坏了萧红"精神气质的健全"，使她"暗淡和发霉了"。他们的东北老乡周鲸文则觉得：端木自幼备受溺爱，所以懦弱娇气，没有大丈夫气。萧红显得坚强，却也需求支持和爱，两人却又恰好遭逢动荡，所以彼此都得不到满足。

萧军那种自命不凡、强悍凶蛮带给人捆绑约束的感觉，但有时也不乏安全感；端木蕻良优柔温和，却又失之绵软、游移。人们重组婚姻时，有时会下意识地选择迥然相异的对象，以期规避昔日风险。而一个人的优缺点，却往往犬牙交错，且"成套搭配，不得开零"，很难十全十美，结果依然不免失落。

各省籍人士为避战乱源源不断拥入香港。1940年前后的香港报刊，被浓郁的故园之思笼罩。萧红的《呼兰河传》虽然酝酿、开端于武汉，却在香港一气呵成，1940年9月至12月在《星岛日报》连载。人在孤寂中总是愈加思念家乡，但呼兰对于萧红，除了战争与空间阻隔，更多一层有家不能回的难堪。要重返故园，她有游子与逆子的双重不易。萧红在暖洋洋的南方，想念寒风凛冽的北国，想得心尖发颤。《呼兰河传》开篇就写：严冬封锁大地，大地被冻得满是裂口，水缸被冻裂了，豆腐被冻在地上，热馒头冻成冰块，水井都被冻住了……呵气成冰，多么麻烦，但萧红写得欢天喜地的。那不可思议的酷冷，在她眼里竟是有喜感的——它们属于朝思暮想的故乡。呼兰的风俗风物，朝露晚霞，流云繁星，蝴蝶蚂蚱，花园菜地，还有世界上最疼爱她的祖父……那些无法复现的场景，永生难忘的欢乐，在她笔下越是绚丽明快，心里眼里也就越是酸涩。

1941年夏秋，萧红的肺结核已很严重，她边治疗边写《马伯乐》第二部，出院后依旧虚弱。1941年12月，日军进攻香港，炮火连天，全城惊慌失措。已卧床半年、不能走动的萧红，比健康人更多一层惶恐。与端木一起陪着萧红的骆宾基感觉，她似乎很担心自己被弃之不管。大难来临，有过伤惨经历的萧红，显然对她的丈夫、对人性、对时局，都极其不取乐观。端木、骆宾基等用床单做了临时担架，抬她出门，又雇人力车载她转移。此后，端木蕻良一度计划先行撤离，有十余天不在身边，萧红以为自己被抛弃，非常绝望，待他返回，才情绪渐稳。

然而，大都市的倾覆，还有更多离合悲欢与愁惨难堪。当萧红以为端木蕻良抛弃她时，骆宾基想去九龙抢救他用两年时间在桐油灯下写出的长篇。萧红生怕他这一走，自己孤立无援。她请求他顾念朋友的生命，"你不是要去青岛么？送我到许广平先生那里，你就算给了我很大的恩惠。我不会忘记"。那一刻她真是焦虑，情绪阴晴不定：一会儿想着不得不返回老家："现在我要在我父亲面前投降了，惨败了，丢盔卸甲的了。因为我的身体倒下来了，想不到我会有今天。"一会儿又相信，自己会健康起来，还要写《呼兰河传》第二部。一会儿又怨恨端木蕻良，说自己早该与他分开。

萧红僵卧病床，身无长物，倘若独困危城，必死无疑。看得出她多么阴惨无助，求生欲望又有多强，就像在滔天大浪里，死命抓紧了救命木板。她果真说服了骆宾基，他放弃去抢救手稿，留下来照料她。骆宾基是她弟弟的朋友，跟萧红夫妇相识不算久。后来端木返回，他俩为萧红的安全与治疗费尽心力。

那些日子，食物匮乏，物价飞涨，水电瘫痪，地痞乘机作乱，炮火震耳欲聋，人命细若琴弦。无牵累的朋友们逐渐撤离，萧红等几人要躲要藏要求生，心里也翻江倒海：施救者的情义、担当、责任；垂危者的感激、惭愧、不安；一闪而过的杂念、抱怨；涌上来又按下去的责难、委屈……内心的时刻煎熬、复杂难耐，不亚于小说。如果萧红不死，她写一部"倾城之恋"，必定又是另外的模样。

住处遭遇炮击，萧红被抬着到处寻找安全落脚点，病情加剧。几经周折才住进医院，不久日军强占医院，赶走病人，萧红术后感染高烧，又接连遭受折腾，而药品全部被日军接管，药店无药可售。1942 年 1 月 22 日，萧红病逝于简陋的临时救护站。

天马行空，无拘无束

萧红与张爱玲的早期经历有点相似：两个父亲都有一定文化修养，但性格冷酷、乖僻；她们的母亲俱少有暖意，且一个远走异国，一个早早过世，母爱同样缺失，跟继母的关系都不算融洽；两人都在囚禁中逃出父亲家，此后经历有别，却都一生孤绝。她俩的背后，几乎都空空落落，无所凭依。

现代文学史上好些女作家的作品，拿今天的标准和口味看，实在不够引人入胜。阅读时需要换一层眼光，想到它们是新文学问世早期的产物，虽然粗疏、幼稚，却可以从中窥见那个时代的文学与社会风貌。不过，等到萧红和张爱玲横空出世，气象陡然一变，仿佛在起伏不大的高地上双峰耸峙，但见文气郁勃，云蒸霞蔚。

张爱玲的代表作与萧红的《呼兰河传》，都有惹人沉溺其中、欲罢不能的魔力。她俩俱是难得一遇的天才，张爱玲二十岁出头惊艳文坛时，已经有丰满、严谨的中西文学储备，家世、阅历和早熟又给她镀上苍凉、世故之色。她像一个绣花大师，针针缜密，步步为营，也常有神来之意，所以一枝一叶都粉底描金，精美曼妙；萧红没有经过多少专业训练，她虽然喜欢阅读，也说自己像香菱学诗那样，梦里都在写文章，但她的才华流露，却是随心所欲的成分居多，仿佛"春来发几枝"的天然、率性。她更像个采花女子，东一朵，西一朵，玫瑰也采，倭瓜花也摘，似乎漫不经心，不剔不砍，聚拢来却是鲜灵灵的一篮，正看侧看都赏心悦目。

萧红的写作风格在《生死场》已基本奠定，鲁迅在《生死场》的序里夸赞道："北方人民对于生的坚强，对于死的挣扎，却往往已经力透纸背；女性作家的细致的观察和越轨笔致，又增加了不少明丽和新鲜。"鲁迅准确地预言到："她是我们女作家中最有希望的一位，她很可能取丁玲的地位而代之，就像丁玲取代冰心一样。"

到了《呼兰河传》，萧红的"越轨笔致"登峰造极。人人都惊讶，《呼兰河传》太不像小说了，它没有贯穿始终的人物和情节，情绪和语言又那么诗化、散文化。作者好像全无章法，凭兴之所至，将家族叙事、风俗长卷、私人经验等，随意铺排。看似松散、零碎的七个章节，却勾勒了二十世纪二十年代北方小城浑成而斑斓的乡土画面，既有万物求生求荣的喜悦快意，也有生存的酸涩残酷，还有无知者的可怜可憎，以及弱者（**尤其是女性**）的凄凉悲歌。

年龄越大去看萧红，对她越多一丝怜惜。她去世时还未满三十一岁，却已经尝尽磨难：成年后的日子，大多在颠沛流离中度过，她总是被战火追赶，由北往南，不停逃离。那些穷愁潦倒、动荡艰辛，让萧红百病丛生。最后过早病逝，也是被香港的战祸彻底摧毁。她不幸遭逢乱世，生死荣枯都不由自主。

萧红临终前曾说：一生最大的痛苦和不幸，就因为自己是个女人。来自男权社会的伤害，生为女人的无奈，也带给她无限痛楚。她从祖父那里，"知道了人生除掉了冰冷和憎恶而外，还有温暖和爱"。然而，"世间死了祖父，剩下的尽是些凶残的人了"。小时候挨父亲打，都是祖父安慰她："快快长吧！长大就好了！" 1936年底，萧红独居东京，难抑凄伤："'长大'是'长大'了，而没有'好'。"

细看萧红的经历，在某些人生的关节点，因个性独特导致的非理性选择，也让她不止一次置身绝境，仿佛立在悬崖，脚下的石头还摇摇欲坠。逃婚之后，萧红就脱离了当时传统妇女的生活轨迹，既有飘洒、恣意，代价也沉痛。有时不免假设，如果遵从父亲安排，成为汪家安逸、悠闲的少奶奶，萧红的一生会是怎样？有一点倒是可以肯定，一个循规蹈矩、安分随时的女子，绝不可能写出天马行空似的《呼兰河传》。

　　女友白朗说萧红是个"神经质的聪明人"。她有忧郁、沉默、孤独的一面，跟朋友相聚，也颇能尽兴尽欢，抽烟喝酒，聊天唱歌，样样拿手。丁玲对她的"少于世故""保有纯洁和幻想"，印象很深，也看出其稚嫩、软弱。耽于幻想、沉溺感性的人，往往冲动而不计后果。曾经有朋友反对萧红跟端木相恋，说离开萧军也好，就不能独立生活吗？她反驳道："我是不管朋友们有什么意见的……我自己有自己的方式。"她曾向聂绀弩抱怨端木是"胆小鬼、势利鬼、马屁精，一天到晚在那里装腔作势的"。不久却又跟他结婚了。

　　萧红曾在信里对萧军叹息，自己一生走的是败路。她感慨"女性的天空是低的，羽翼是稀薄的"。她看到了女性的困境和局限，却不晓得，自己到底已经飞了多高。

　　生活的脱轨，让萧红饱经忧患；文字的脱轨，却让《呼兰河传》不朽。

图书在版编目（CIP）数据

语之可．12，流水别意谁短长 / 张亚丽 主编．--
北京：作家出版社，2017.12

ISBN 978 - 7 - 5063 - 9834 - 3

Ⅰ . ①语… Ⅱ . ①张… Ⅲ . ①散文集 - 中国 - 当代
Ⅳ . ①I267

中国版本图书馆 CIP 数据核字（2017）第 317107 号

语之可 12：流水别意谁短长

主　　编：	张亚丽	
责任编辑：	杨兵兵	
特约编辑：	姬小琴	
装帧设计：	于文妍	
出版发行：	作家出版社	
社　　址：	北京农展馆南里 10 号　　邮　　编：100125	
电话传真：	86 - 10 - 65930756（出版发行部）	
	86 - 10 - 65004079（总编室）	
	86 - 10 - 65015116（邮购部）	
E - mail: zuojia@zuojia. net. cn		
http: //www. haozuojia. com（作家在线）		
印　　刷：	中煤（北京）印务有限公司	
成品尺寸：	120 × 190	
字　　数：	102 千	
印　　张：	7.125	
版　　次：	2018 年 5 月第 1 版	
印　　次：	2018 年 5 月第 1 次印刷	
ISBN	978 - 7 - 5063 - 9834 - 3	
定　　价：	39.00 元（精）	

语之可

以文艺美浸润身心
用思想力澄明未来

　　隶属于中国作家协会的《作家文摘》报是一份以文史见长、兼顾时政的著名文化传媒品牌，内容涵盖历史真相揭秘、政治人物兴衰、名家妙笔精选、焦点事件深析，博采精选，求真深度，具有鲜明的办报特色。

　　依托《作家文摘》的语可书坊主打纯粹高格的纸质阅读产品，志在发现、推广那些意蕴醇厚、文笔隽秀的性灵之作，触探时代的纵深与人性的幽微。

作家文摘　　　語可書坊

投稿邮箱：yukeshufang@163.com